마탄의
사수

마탄의 사수 50

발행일 2021년 7월 5일 초판 1쇄 2021년 7월 9일 | 발행인 김명국 | 책임 편집 황수민 | **제작** 최은선 | 발행처 주식회사 인타임 출판 등록 107-88-06434(2013년 11월 11일) **주소** 서울시 구로구 디지털로 1길 38-21 이앤씨벤처드림타워 3차 405호 전화 070-7732-6293 팩스 02-855-4572 이메일 in-time@nate.com | ISBN 979-11-03-31807-9 (04810) 979-11-03-31704-1 (세트) | 이 책은 주식회사 인타임이 저작권자와의 계약에 따라 발행한 것이므로 내용의 전부 또는 일부를 사용하려면 반드시 양측의 동의를 받으셔야 합니다. 잘못된 책은 구매처에서 바꿔 드립니다.

마탄의 사수

50

이수백 게임판타지 장편소설

INTIME GAME FANTASY STORY

Der Freischütz Musketeer

INTIME

차 례

Geschoss 1.

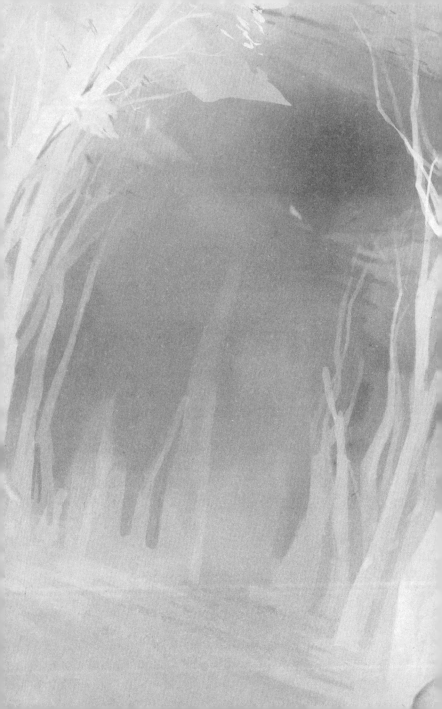

당황스러운 것은 마왕군 측도 마찬가지였다.

치요는 되돌아온 카일을 보며 놀란 표정을 감추지 못했다.

분명 〈신성 연합〉을 견제하겠다며 스스로 나갔던 자가 몇 시간도 되지 않아 돌아온단 말인가.

게다가 총성이 들린 것은 겨우 두 번이었다.

두 번의 총성과 평소와는 조금 다른 카일의 표정을 보며 치요는 어느 정도 감을 잡을 수 있었다.

"카일 님, 설마—."

"하이하…… 나쁘지 않은 신체야."

"네, 네?"

"나도 두 번은 칠 수 없는 장난을 하더군. 큭큭큭…….."

치요는 한 방 맞았다는 표정으로 카일을 바라보았지만 카일은 오히려 흥미롭다는 표정을 짓고만 있을 뿐이었다.

카일이 말한 '장난'이 탄환과 탄환을 맞부딪치게 만드는 일이라는 걸 알았다면 훨씬 놀랐겠으나, 지금 그녀에게 그런 생각까지 할 여유는 없었다.

결국 하이하를 죽이지 못하고 돌아왔다는 말로만 들렸기 때문이다.

'하이하…… 벌써 카일을 맞상대할 수 있을 정도라는 건가? 아니, 그보다 왜 돌아왔지? 딱히 다친 곳도 없어 보이는데—.'

마탄의 사수가 지닌 능력이 무엇인가.

굳이 마탄이 아니더라도 하이하 정도는 거뜬하게 이겼어야 하는 게 아닌가.

치요가 카일에게 불평을 가지려는 찰나, 카일이 그녀에게 말했다.

"빠른 놈들만 따로 빼낸다면 1시간 안에 도착하겠지만, 그 녀석들이 곳곳으로 흩어져서 병력을 이끌고 있더군. 적어도 4시간 전후로 모든 군세가 올 거라고 생각하는 게 나을 거다."

"아, 그, 그래서…… 알겠습니다. 감사합니다, 카일 님. 메데인! 칼리! 당장 반격 준비를!"

그러나 카일이 〈신성 연합〉의 동태에 대해 말해 주자 치요는 곧장 태도를 바꿨다.

카일이 돌아온 이유를 합리적이라고 스스로 판단해 버렸기 때문이다.

단순히 총만 잘 쏘는 NPC가 아니라, 마탄의 악령 자미엘이 되어 버린 지금은 전쟁을 바라보는 시각이 바뀌었다는 뜻이지 않은가.

'과연. 하이하를 죽이는 건 언제든 할 수 있다 이건가.'

치요는 카일이 마탄의 사수로서 활약한다 하더라도 〈신성 연합〉의 전군을 홀로 막아 세울 수 없다는 판단을 내렸고, 따라서 반격을 준비시키도록 그가 직접 돌아온 것이라고 생각했다.

"하지만 마탄의 사수 님께서 막으실 수 없다고 하신다면……."

"지금 이 정도 병력으로 〈신성 연합〉을 막기는 어려울 겁니다. 치요 님께서 말씀하신 것처럼 15만이나 되는 것을 어떻게―."

"중요한 건 기세를 꺾는 거예요! 군세를 나눠 돌격한다는 건 애당초 입수된 첩보로도 없는 내용! 갑작스러운 돌격이니만큼 〈신성 연합〉의 대다수도 당황하고 있을 터. 그렇다면 누구를 노려야 할지 감이 잡히지 않나요?"

"……머리."

"각 군을 끌고 있는― 자들."

메데인과 칼리는 멍청하지 않다.

치요가 툭툭 던지는 힌트를 들으며 그들도 〈신성 연합〉을 상대할 전략을 강구했다.

"만들어진 2세대 마왕군들을 전부 불러들여!"

"치요 님께서 놈들의 진행 방향을 알려 주실 거다! 그 방향의 옆구리에서부터 치고 들어갈 수 있도록 지도 펴고, 부길마들은 전투 준비해!"

치요는 조금 미간을 찌푸렸으나 그녀에게 그리 부담되는 일은 아니었다.

에윈과 라르크가 비밀리에 움직였기에 아직 입수된 정보가 없으나, 곧 사스케가 정보를 빼내 올 것을 알고 있었기 때문이다.

'아니, 이미 정보는 다 취합했을 것이고 정리 중이라고 봐야겠지. 이러니저러니 해도 〈신성 연합〉 안에도 애들이 들어가 있으니까.'

정보가 온다면 적당히 나누어 주면서 마왕의 조각들이 있는 장소를 알아내면 된다.

'설령 이놈들에게서 빼낼 수 없더라도…… 〈신성 연합〉이 있으니까. 이지원의 복귀와 이번 일은 분명 관계가 있을 거야.'

치요가 다른 꿍꿍이를 품고, 마왕군은 로스 세타스와 길드 시날로아를 주축으로 바삐 움직이기 시작했을 때 홀로 앉아 있던 파우스트는 웃고 있었다.

그는 마왕군 유저들 사이에서 슬금슬금 멀어지기 시작했다.

루거와 키드는 너른 초원을 달리고 있었다.

숲이나 계곡 위주의 지형이었던 지금까지와는 확실히 다른 장소였다.

"멍청한 새끼, 움직일 수 없는 스킬을 이럴 때에 쓰고 자빠졌다니!"

"하지만 그랬기에 카일을 향해 쏠 수 있다고 했습니다. 하이하로서는 나쁜 선택이 아니었을 겁니다. 무엇보다 그 한 발을 통하여 카일이 있는 곳의 방향과 거리를 알아냈다는 건 대단한 성과입니다."

두 사람은 귓속말을 통하여 이하와 지속적으로 정보를 주고받았다.

그들이 출발할 때에는 북북서와 16.44km 정도의 정보가 전부였으나, 이하라고 멀뚱히 서 있기만 하는 게 아니었다.

"여유만만이로군. 카일이 네놈의 대가리를 뚫어 버릴 때에도 그런 소리를 할 수 있는지 보자고!"

"루거, 당신은 하이하가 없으면 카일을 상대할 수 없다고 생각하는 겁니까. 그가 아니었다면 이 평지를 마음껏 달릴 수도 없었을 겁니다. 이 앞에 '언덕'이 있다는 점을 알 수 없었을 테니 말입니다."

키드는 루거를 보며 씨익 웃었다.

이하는 기억을 더듬어 가며 어느 정도 거리에 커다란 바위나 나무가 많은 숲이 있고, 어느 정도 거리 수준에서 나무나 기타 장해물이 없는 초원형 평지가 나타날 것인지를 알려 주었다.

그들이 초원에서도 별다른 엄폐 없이 최고 속력을 낼 수 있었던 건 아직 제대로 눈에 보이진 않지만 언덕과 같은 지형이 앞에 있다는 걸 알고 있기 때문이다.

"흥, 그게 아니라 카일이 다시 나타나지 않을까 봐 걱정되어서 그런다. 죽이려면 한 방에 죽였어야지 망할 놈이 적들을 긴장시키기만 했군."

루거는 잠시 키드를 바라보다가 고개를 돌려 침을 뱉었다.

두 사람 또한 스킬을 배웠으므로 아쉬운 소리를 하면 '지는 꼴'이 되어 버리기 때문이다.

"카일이 후퇴하지 않았다면 우리 쪽 피해가 극심했을 겁니다. 당신이나, 나나 말입니다."

"닥쳐! 이 자식, 하이하한테 반하기라도 한 건가? 갑자기 편을 들고 지랄이야, 지랄이!"

"당신이 민감하게 행동하는 겁니다. 하이하가 같이 오지 않아서 투정이라도 부리는 것처럼 말입니다."

"크으……!"

루거는 짜증이 차올라도 키드에게만큼은 그다지 반박할 수 없었다.

키드는 그런 루거를 보며 훗, 하고 웃었다.

키드와 루거를 비롯하여 '먼저' 달려 나간 유저들은 곧 16.44km 지점에 도달할 정도가 되었다.

두두두두두두————……

그들에게서 그리 떨어지지 않은 지점에서도 말발굽 소리를 비롯하여 유저들의 함성이 지축을 뒤흔들고 있었다.

카일은 일반 유저들의 이동 속도를 고려한 '시스템적 계산'으로 4시간 전후가 걸릴 것이라 예상했으나, 라르크는 그렇게 판단하지 않았다.

"속도전! 속도전!"

"뒤처지는 자는 버리고 갑니다! 한 팀이라도 먼저 도착해서 뒤흔들어 놓기만 하면 돼!"

"가자아아아아아!"

진형이 무너지는 한이 있더라도 최우선적으로 도착하는 것!

오직 그 일 하나만을 목표로 에윈과 함께 달려 나가는 중이었기 때문이다.

최초 16.44km 거리에 있던 카일이 뒤로 후퇴해 나가 약 30여 분을 더 물러선 거리에 마왕군 유저들이 있었으므로 이제 양 세력 간의 거리는 압도적으로 가까워져 있었다.

뒤늦게 정보를 입수한 치요 또한 당황스러울 정도의 쾌속은 결국 마왕군 유저들의 행동을 더욱 서두르게 하는 결과를 낳았다.

타아아앙———————……!

"우왓!? 마탄의 사수—."

"—가 아니라 키드 님이다! 저쪽에서 벌써 전투가 벌어졌어!"

"이 새끼들, 역시 근처에 있었구만! 다 죽이자!"

키드의 총성은 에원을 비롯한 최선두 유저들에게 또렷하게 들릴 정도였다.

그 무리 안에 들어 있던 기정과 별초의 멤버들도 충분히 인지할 수 있었다.

"혜인 형님, 아직 괜찮으시죠?"

"〈레비테이션〉이랑 〈리버스 그래비티〉 덕분에 괜찮아. 스태미너로는 절대 못 쫓았겠지만—."

"아뇨, 아뇨, 저 날려 달라고요! 키드 씨랑 루거 씨한테만 맡길 순 없으니까요!"

"으음, 그래. 〈스페이스 그랩〉!"

혜인은 날아가는 와중에도 스킬을 사용했다.

람화정 못지않게 능숙한 캐스팅을 통해 그는 보이지 않는 손으로 기정을 쥐어 올렸다.

"킷킷, 먼저 가 있으라고요, 길마 님. 금방 따라갈 테니까."

"오케이! 활약하는 건 별초입니다! 던져 주세요, 혜인 형니이이이이임—!"

기정의 말이 끝나기도 전, 혜인은 보이지 않는 손을 컨트롤하여 기정을 집어 던졌다.

공중을 날고 있는 기정에게 보이는 것은 역시나 엄청난 수의 마왕군 몬스터들이었다.

"하지만 아직 2세대들까지 다 불러 모으진 못 했어. 1세대 정도라면 몇이 있어도 상관없지!"

[그 말 그대로다, 에즈웬의 팔라딘.]

"에, 엥?"

[흐으으으읍─!]

최고 속도의 유저들이 도착할 정도의 시간이 지났다는 게 어떤 의미인가.

애당초 〈신성 연합〉에 포함되었던 메탈 드래곤들이 전부 도착하고도 남을 시간이라는 의미다.

키드와 루거를 포위하기 위해 다가오는 수천의 1세대 마왕군 몬스터였지만, 이미 기정의 좌우로 포진한 8기의 메탈 드래곤들에게는 장난처럼 느껴질 뿐이었다.

"음?! 저런 미친─ 도마뱀 새끼들이─ 키드!"

허공에서 번쩍이는 이질적인 빛에 고개를 돌린 루거는, 입을 쫙 벌린 여덟 기의 메탈 드래곤을 발견하곤 사색이 되었다.

"알아서 피하는 게 좋을 겁니다, 하아앗!"

"젠장할!"

키드는 이미 회피를 준비 중이었다.

어련히 두 사람이 맞지 않게 쏠 걸 알고 있었지만, 후폭풍만 해도 보통의 파괴력이 아닐 테니까.

—————————————————!

순식간에 쏟아진 가지각색의 드래곤 브레스는 1세대 마왕군 몬스터들을 갖가지 방법으로 죽였다.

태우고, 녹이고, 얼리고, 가루로 만들고, 지져 버리고…….

아군에게도 압도적인 충격을 주는 그 장면은 몬스터를 지휘하던 마왕군 유저들을 패닉에 빠뜨리기에 충분했다.

"제, 젠장, 드래곤이다!"

"드래곤부터 노려! 아니, 아니, 길마 님들께 연락해에에에!"

그들의 패닉은 곧 마왕군 본진에게까지 전달되었다.

마왕군 소속 유저들은 전투를 준비하고 있었으나 이미 그들의 표정은 좋지 않았다.

키드와 루거를 막으러 간 쪽 이외에도 다른 곳에서 제대로 된 전투가 성립하지 않고 있었기 때문이다.

"그냥 다 무시하고 달린다!?"

"사, 상대조차 해 주지 않고 그대로 온다면 우리는 막을 수가……."

"길마 님! 이렇게 되면 퇴각밖에 방법이 없습니다! 여기 계속 있다가는—."

유저들이 요청해 보지만 메데인과 칼리는 쉽사리 이동 결정을 내릴 수 없었다.

혹시 〈신성 연합〉은 이곳에 마왕의 조각이 있다는 걸 알고 있는 것일까?

그런 의심이 든 순간, 그들은 옴짝달싹 못 한 채, 인상을 찌푸리고 치요를 바라보는 것밖에 할 수 있는 일이 없었다.

물론 그 점은 치요도 마찬가지였다.

메데인과 칼리의 반응으로 그녀는 이 근방 어딘가에 마왕의 조각이 있다는 것까지 이미 확정 지은 상태였으나, 그렇다고 어쩔 것인가.

그저 여기를 내어 주고 후퇴하자는 말은 그녀도 함부로 할 수 없다.

〈신성 연합〉에 별다른 피해조차 못 주고 마왕군만 약화되어 버리면 그것 또한 균형이 맞지 않으니까.

"카일 님!"

"쉿. 드래곤 여덟이라면 저 언덕을 넘어 날아오는 순간 머리를 날려 버릴 수도 있다."

따라서 그녀 또한 믿을 것은 카일뿐.

하지만 카일이 드래곤들을 처치한다 해도 〈신성 연합〉의 군세에 충분한 피해를 주었다고 할 수 있을까.

'부족해. 〈신성 연합〉 놈들이 마왕의 부활을 막고 마왕의 조각을 깨운다 해도 균형이 맞으려면— 음?'

전략을 잃고 반쯤은 정신이 나간 메데인과 칼리, 그리고 그들만 바라보며 정신없이 뛰어다니는 마왕군 유저들.

혼란한 진영 한가운데서 그녀는 의아함을 느꼈다.

'파우스트는…… 어디?'

리자디아는 어디 갔지?

이런 상황일수록 마왕의 조각에게서 받은 힘을 나누어 주며 그들을 독려하거나, 또는 전투에 대비할 다른 방법을 찾아내야 하는 게 아닌가.

그녀는 정신없이 주변을 둘러보았다. 그리고 마침내, 새하얀 비늘 하나가 빛에 반짝이며 사라지는 모습을 발견했다.

'파우스트…… 어디 가는 거지?'

치요는 잠시 주변을 살펴보았다.

파우스트에게 지시를 받은 자가 있는가, 파우스트가 어디를 향하는지 내용을 전달받은 자가 있는가.

그러나 이미 반 이상 혼란 상태에 빠져 버린 마왕군 소속 유저들에게서 그런 느낌은 받을 수 없었다.

그렇다면?

'뭔가 있어. 지금껏 조용히 있었던 게…… 뭔가를 알고 있어서 그런 거였나?'

파우스트는 이 상황을 이용하려고 하는 게 분명하다.

치요는 즉시 상황을 파악했다.

메데인과 칼리 또한 마왕군 유저들에게 지시하느라 정신이 없었고, 카일도 드래곤들을 상대한다고 이동하고 있었으므로 현재 주변에 자신을 신경 쓰는 자는 없다.

무엇보다 파우스트 정도라면, 마왕의 조각에게 힘을 받았어도 어느 정도 한계가 있는 유저이지 않은가.

'만약의 사태에도 내가 이길 수 있어.'

그녀는 이를 드러내며 웃었다.

파우스트는 랭킹 11위, 자신은 랭킹 7위. 파우스트가 또 다른 힘을 다룰 수 있다지만 치요도 모든 힘을 잃은 건 아니다.

잃은 것은 그저 '세력'뿐, 개인의 힘 자체는 여전히 강력했으므로 그에게 밀린다는 생각은 추호도 하지 않고 있었다.

'〈하루살이의 춤〉.'

그녀는 조용히 스킬 명을 읊조렸다.

분명 외곽선은 남아 있었으나 그녀의 내부는 마치 색칠되지 않은 것처럼 투명해졌다.

복잡한 지형에서는 100%의 은신보다 적당한 위장이 효율적이라는 걸 그녀 또한 알고 있었다.

챠박, 챠박, 챠박…….

치요는 파우스트가 사라진 방향으로 재빨리 움직였다.

'새하얀 비늘로 이런 지형에서 움직이는 건 불리하지. 멍청한 녀석, 아직도 이런 기본적인 사항조차 깨닫지 못하다니.'

불과 얼마 달리지 않아 치요는 파우스트의 뒤를 잡을 수 있었다.

완전히 죽어 버린 황무지와 같은 땅에, 나무가 **빽빽**하게 자랐더라도 이파리는 다 죽어 메마른 갈색으로 변해 하얀 리자디아의 비늘은 눈에 띌 수밖에 없건만, 그는 위장조차 하지 않고 움직이고 있었다.

'역시 너는 마왕군을 이끌 그릇이 아니야. 푸른 수염에게 총애를 받았기에 그 자리에 있는 것뿐이지.'

스킬이 없다면 진흙이라도 바르고 움직였어야 했다. 어두운 망토라도 하나 걸치고 달려야 했다.

평소에 입고 있는 의복과 별다를 것도 없는 상태에서, 무언가 꿍꿍이를 꾀하고 있다니.

치요는 어쩐지 웃음이 날 것만 같았다.

중간중간 멈춰 가며 두리번거리는 꼴은 마치 도망자의 그것과 다름없지 않은가.

당장이라도 파우스트를 불러 세워 묻고 싶었으나, 치요는 그러지 않았다.

그리고 마침내 파우스트는 어딘가의 동굴로 들어갔다.

그것은 동굴이라고 말하기도 민망한 작은 구멍이었다.

파우스트는 배까지 바닥에 깔아 붙이고 낑낑대며 그 안으로 기어 들어간 상태.

치요는 잠시 고민했다.

'뭘 숨겨 놓은 건가? 아니, 마왕군 본진에서 여기까지는 15분 거리 정도…… 그 근방에 도착한 지 고작 하루 반나절밖에

안 됐는데, 그 사이 파우스트는—. 크으, 뭘 했는지 모르겠군.'

실권을 잃었다고 생각하여 시야에서 놓쳤던 게 화근인가.

여기까지 온 이상 치요도 어쩔 수 없었다. 그녀는 쪼그린 자세로 겨우 동굴 안에 몸을 집어넣었다.

'아무것도 보이지 않는…… 흡!?'

동굴은 만약 그녀가 아니었다면 반드시 소리를 낼 법한 광경이 펼쳐져 있었다.

내부가 전혀 보이지 않을 정도로 어두운 데다 비좁았던 입구와 달리, 지금 이 공간은……

시야를 빼앗아 갈 정도로 어두웠던 불과 몇 미터가 워프 게이트라도 된 것처럼 느껴질 정도였다.

그녀의 시야 아래에 드넓게 펼쳐진 공간과 생각보다 밝은 동굴 내부.

그리고 저 끝에 보이는 붉은 무언가.

치요는 그것을 보자마자 생각난 게 있었다.

"설마……."

그녀는 계단을 디뎠다. 내려가는 그녀의 발걸음이 점차 빨라졌다.

탁, 탁, 탁탁, 탁탁탁—!

내부의 공간이 워낙 넓어 붉은 무언가는 생각보다 먼 곳에 있었다. 그리고 그녀보다 앞서 달리는 새하얀 리자디아가 있었다.

"파우스트!"

너른 동굴에서 치요의 목소리가 울렸다. 메아리까지 울릴 정도로 그녀의 목소리는 우렁찼다.

파우스트는 화들짝 놀라 뒤를 돌아봤다.

"음!? 치, 치요? 어떻게 여길—."

"뭐야, 당신 뭐 하는 거지? 무슨 생각이야!"

치요는 다짜고짜 그를 몰아쳤다. 파우스트는 얼굴을 일그러뜨리며 뒷걸음질 치다 다시금 달리기 시작했다.

"멈춰!"

"내가 왜 네년 말을 들어야 하지? 멍청한 년 같으니—."

"마왕의 조각을 깨우려는 거지!"

치요는 소리쳤다.

파우스트의 움직임이 우뚝 멈췄다.

새하얀 비늘을 자랑하는 리자디아는 치요를 바라보았다. 그는 웃고 있었다.

치요는 새삼 섬뜩한 기분이 들었다.

파우스트가 노리는 게 무엇인지 깨달았기 때문이다.

"네, 네가 직접— 마왕의 조각을 건드리려고!? 그랬다간 네 퀘스트는 실패일 텐데!"

"역시 넌 위험한 년이야…… 어떻게 알았지?"

"저 붉은 것…… 아니, 붉은 것 옆에 있는 저 [검은 벽]을 내가 모를 것 같아? 지금의 시티 페클로가 되기 전, 기브리드가 깨어난 장소에도 있었던―."

"그래, 〈심연의 아가리〉다."

파우스트는 뼈 지팡이를 들어 보였다.

뼈 지팡이에서 검은 기운이 뭉게뭉게 피어오르고 있었다. 치요의 얼굴이 일그러졌다.

피로트-코크리가 깨어나고 현재의 신대륙 시티 페클로가 만들어진 곳은 바로 기브리드가 깨어났던 〈심연의 아가리〉였다.

시티 페클로가 바로 그 위치에 만들어졌다는 것은 직접 확인하기 전까지 알 수 없는 사항이었으나, 적어도 그것이 만들어지기 전에는 레와 함께 드나들었으므로 알 수 있었던 것이다.

깨지지 않는 붉은 수정의 곁에는, 언제나 새카만 암흑의 구덩이가 있다는 것을…….

'파우스트가 어째서? 푸른 수염이 시킨 건가? 아니, 그럴 리가.'

마왕이 완전하게 부활하는 걸 막아야 한다는 점에서 치요는 〈신성 연합〉과 목적이 같다고 할 수 있다.

그러나 두 세력의 구도를 유지하고 힘의 균형을 잡기 위해선 〈신성 연합〉 측이 마왕의 부활을 저지해야 할 필요가 있다.

"왜?"

지금 시점에서, 푸른 수염의 총애를 받던 파우스트가 나설

만한 일이 아니라는 것이다.

어째서 파우스트가 직접 마왕의 부활을 막으려 하는가.

만약 그것이 마왕군에게 더욱 큰 힘이 되는 어떤 다른 사항이라면, 〈신성 연합〉과의 세력 균형은 맞춰지지 않는다.

당연히 치요 자신이 제3세력화되는 것도, 마탄의 사수를 이용해 양측 세력 모두를 좌우하겠다는 욕심도 끝나게 되는 것이다.

"왜냐고? 그걸 몰라서 묻나?"

"무슨 의미지?"

"킥킥, 나야말로 묻고 싶군. 너는 '왜' 바토리의 뒤를 잇고, 레에게서 벗어나 혼자 행동했지?"

"……그건—."

"너의 이익을 위해서."

파우스트의 목소리가 낮게 깔렸다.

평소라면 그의 입을 꽉 다물게 해 줄 수백 가지의 반박 문장이 떠올랐겠지만 지금의 치요는 그러지 못했다.

전혀 기대하지 않았던 상황을 마주한 것에 더해, 파우스트의 말이 진실이었기 때문이다.

미들 어스에 적이 있고 아군이 있을까.

적어도 치요를 비롯하여 마왕군 측으로 건너온 유저들에게는 오직 한 가지의 이유만이 있다.

자신을 위해서.

그 어떤 것에도 중심에는 내가 있어야만 한다.

치요는 답하지 않았고 파우스트도 더 묻지 않았다.

미들 어스 플레이라면 '닳고 닳은' 그들에게 그 이상의 문답은 필요 없었으니까.

그리고 문답이 필요 없다면 그 다음은 무용뿐이다.

"〈천서天鼠의 춤〉, 〈블러디 스트라이크〉!"

박쥐와 같은 움직임을 취하는 동시에, 뱀파이어의 공격을 내뿜는 그녀!

"〈본 쉴드〉! 〈레이즈 언데드〉!"

파우스트는 곧장 뼈 방패를 만들어 원거리 공격을 막고는 언데드를 일으켜 세웠다.

치요의 공격은 파우스트의 본 쉴드를 일격에 부술 정도로 강력했으나, 두 사람의 결정적인 차이는 힘이 아니다.

"멈춰, 파우스트!"

치요가 아무리 빠르게 움직인다 한들 이미 〈심연의 아가리〉 근처까지 간 파우스트를 잡기에는 거리가 부족하다는 것이다.

"우하하하핫! 늦었어, 늦었다고!"

파우스트는 뼈 지팡이를 그대로 새카만 벽에 밀어 넣었다. 언젠가 이지원이 그랬던 것과 별반 차이가 없는 행동이었다.

결과 또한 마찬가지였다.

"우호오오오옥!"

파우스트는 그대로 〈심연의 아가리〉 속으로 빨려 들어갔다. 치요는 인상을 찌푸렸다.

그러나 이미 늦었다는 걸 알 수 있었다.

자신은 저 안으로 들어갈 수 있는가. 아니, 굳이 저기까지 가야 하는가.

푸쉬이이이이이이이……!

그럴 수 없다면 이미 저곳에서 뿜어져 나오는, 마치 검은 드라이아이스와 같은 연기에게서 피해야만 한다.

검은 연기는 심연의 아가리에서 걷잡을 수 없는 기세로 뿜어져 나왔다.

순식간에 동굴을 가득 채울 것만 같은 공간에서, 치요는 더 이상 버틸 수 없었다.

"크으, 파우스트……!"

치요는 곧장 박쥐로 변하여 동굴을 빠져나왔다.

투콰아아아———————……!

"음!?"

"이 소리는……."

키드와 루거는 익숙한 총성에 뒤를 돌아보았다.

주변에 마왕군 몬스터들이 몰려들었으나 그것들을 보지도 않고 태연하게 처리하는 와중에 한 행동이었다.

"20분이 더 지났는데 다들 이것밖에 못 갔어?"

〈고스트 인 더 쉘〉을 사용하여, 뒤늦게 겨우 따라온 자가 무슨 말을 하는가.

뻔뻔하게 말하는 이하를 보며 듣는 사람들도 웃음이 나왔다.

[우하핫! 형이 빠른 거지! 한 5분만 일찍 왔어도 우리들 중에 누구 하나 맞았겠구만! 아까 그 근처에 몬스터가 얼마나 많았는데!]

"자식이, 그랬으면 내가 이쪽으로 안 쐈지! 그래서 상황은?"

이하는 주변을 빠르게 살피며 물었다.

뒤에서 보자면 〈신성 연합〉의 군세보다 훨씬 많은 몬스터들이 포위하고 있는 것처럼 보였으나, 실상 그것들을 상대하고 있는 유저들의 마음은 가벼웠다.

[응, 형이 카일 쫓아내자마자 메탈 드래곤 분들이 4용 1조로 다니고 있어서 아직 큰 피해는 없어! 브레스는 이전보다 못 쓰시게 됐지만.]

"그리고 몬스터들이 물량으로 밀어붙이기 시작했습니다."

"여기저기 흩어져 있던 자식들이 본격적으로 뭉치고 있다는 거겠지, 헹, 이딴 것에 졸아 붙을 거면 방해되니까 꺼져라!"

"참고로 그런 말을 하는 루거 당신이 182마리, 내가 205마리 잡았습니다.”

“뭐, 뭣!? 그런 근거도 없는 개소리를!”

단순히 수가 많은 정도로는 〈신성 연합〉의 정예들을 이길 수 없기 때문이다.

기정은 물론 키드와 루거의 판단까지 듣자 이하에게도 여유가 생겼다.

“좋았으, 그럼 얼른 끝내자고! 오늘 아주 마왕군 유저들까지 전부 몰살— 음?”

몬스터 한 마리를 향해 방아쇠를 당긴 이하의 눈에 무언가가 들어왔다.

비단 이하뿐만이 아니라 전투 중인 유저들의 눈을 사로잡기에 충분한 이변이었다.

“어? 구름?”

“저건…… 뭐지?”

“아니, 구름이라기보다는…… 밤이 되어 가고 있는 것 같은데.”

새카만 무언가가 하늘을 뒤덮어 오고 있다.

먹구름 같은 수준이 아니라, 말 그대로 오후의 하늘을 까맣게 물들여 가고 있는 암흑은 무엇인가.

당황한 것은 〈신성 연합〉의 유저들만이 아니었다.

“무, 무슨?”

“워어어어, 길마 님께 보고해, 얼른—.”

"보고하나 마나 길마 님께서도 보고 계십니다!"

"아니, 아니다. 퀘스트 창이 이게 무슨—."

마왕군 유저들조차도 하늘을 향해 고개를 치켜들곤 몬스터의 지휘도 잊을 지경이었다.

누군가의 스킬처럼 보이지도 않는 일은 도대체 어째서 벌어진 것인가.

지금 어떤 일이 벌어졌는지 알아차린 유저는 많지 않았다.

"칵—!"

"음? 이지원 씨?"

"제—젠장, 늦었음."

이지원은 〈솔 블레이드〉로 하늘을 가리켰다.

"네? 늦었다고요?"

라르크는 영문을 알 수 없다는 표정이었다.

그러나 잠시 후, 간헐적으로 빛나는 〈솔 블레이드〉를 보며 라르크도 어떤 일이 벌어진 건지 대충 감을 잡을 수 있었다.

그것은 이하 또한 마찬가지였다.

비록 라르크, 이지원과 함께 있는 것은 아니었으나 이하에게도 '저것'을 알려 줄 만한 도우미가 곁에 있었기 때문이다.

"……뭐야? 저게— 저게 뭐야!? 블랙!"

그저 새카만 하늘이 아니다. 〈꿰뚫어 보는 눈〉에 보이는 형체가 있다.

암흑 속에 있는 암흑.

움직이고 있는 것은 차마 크기를 가늠조차 할 수 없는 형체
의 '인간.'

—각인자여…… 저것이 바로 마魔…….—

"설마…… 마, 마의 파편—."

—마왕이다.—

검은 하늘에 붉은 구슬 네 개가 빛났다.

Geschoss 2.

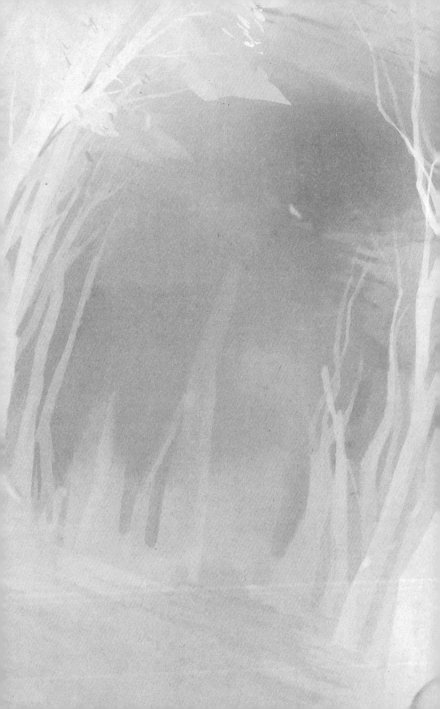

검은 하늘에 박혀 있는 것처럼 보이던 붉은 구슬이 서서히 움직였다. 그제야 지상에 있던 유저들은 그것이 '눈'이라는 걸 알 수 있었다.

도대체 크기는 얼마나 큰 것인가.

토온은 공포를 실감할 수 있을 정도로 컸고, 티아마트도 하늘에 검은 줄을 그어 놓은 것처럼 끔찍하게 거대했으나, 지금의 마魔와는 비교할 정도가 아니었다.

저것은 하늘 그 자체였으니까.

너무나 커서 무섭다는 느낌은 들지 않았다.

오히려 이하조차도 가장 먼저 든 생각은 경외감이었다.

"저, 저걸— 저걸 쏴서 상대할 수 있는— 아니, 근데 어떻게?"

마에 대한 생각과, 마가 어떻게 해서 깨어날 수 있었는지에 대한 생각이 마구잡이로 뒤섞였다.

누가 건드렸지?

왜 깨어났지?

어떻게 저럴 수가 있지?

블랙 베스의 총구를 겨누다가도 이하는 문득 생각했다.

'만약 저것과 싸운다면……'

어디를 쏴야 하지?

그저 새카만 하늘에 총구를 겨눈 격이지 않은가.

유일하게 타깃으로 삼을 만한 것은 붉은 구슬과 같은 것, 지금도 묘하게 움직이고 있는 저 '눈'으로 추정되는 물질이다.

눈은 계속해서 지상을 살피고 있었다.

그렇게 많은 움직임을 보이진 않았으나, 눈들이 각기 다른 방향으로 흩어지는 것의 의미는 이하도 알 수 있었다.

'다른 쪽 병력도 확인하고 있는 거겠지.'

〈신성 연합〉의 5개의 대.

각 유저들이 이끌고 있는 4개와 에원이 직접 이끄는 본대를 일일이 살피고 있는 것이리라.

저런 걸 '생명체'라고 인정해야 하는 걸까. 고고하게 15만의 군세를 내려 보는 저것을?

이하는 마른침을 삼켰다.

'복잡하게 생각 마라. 이유는 알 수 없어도 어쨌든 기한이

남은 지금, 깨어났다면 반드시 '중도 부활'의 가능성인 거야. 말하자면…… 완전체가 아니다.'

이미 에즈웬의 교황에게서 듣지 않았던가.

기한이 다 될 때까지는 마가 완전체로 부활할 수 없다. 즉, 지금의 마왕은 온전한 마왕이 아니다.

움직이지 않고 있는 이유도 바로 그것이 아닐까.

그렇다면 지금은 놀라 얼어 있을 때가 아니다.

쏴야 한다.

쏴야만 한다.

이하는 겨우 붉은 구슬을 겨누었다. 그 순간, 붉은 구슬이 잠시 어두워졌다.

다시금 밝아지는 붉은 구슬을 보며 이하는 그게 어떤 의미인지 깨달았다.

"……눈을 깜빡인— 공격이다!? 모, 모두 피해! 다들 피해요!"

붉은 구슬의 앞에 모이는 또 다른 빛의 덩어리들.

그 크기조차 가늠할 수 없는 그것이 어떤 방향으로, 어떻게 쏘아질지는 아무도 알 수 없다.

이하는 황급히 소리를 질렀으나 주변의 유저들은 물론, 몬스터들조차 움직이지 않고 있었다.

"뭐 해! 키드! 루거! 피하라니까—."

"모, 몸이— 저것을 본 후로—."

"어지러워서, 토악질이— 우우욱!"

"뭐? 아!?"

[초월적 존재가 당신을 주시했습니다.]

[정신계 저항력이 존재합니다.]

[정신계 상태 이상에 대하여 저항하였습니다.]

[초월적 존재에 대하여 저항하였습니다.]

이하가 〈천국으로 가는 계단〉을 넘어 고대의 미들 어스에 도착했을 때, 레벨 160 전후의 크툴루화 몬스터만 보고도 혼미한 감각을 느낀 적이 있었다.

다행히 그때는 인스턴스 던전과 고대의 미들 어스 탐험으로 인한 업적 획득으로 이겨 내었다지만 지금은?

관련 업적이 없거나 관련 스킬이 없는 유저들은 어떨까?

'〈신성 연합〉뿐만 아니라— 마, 마왕군 소속 유저들, 아니, 심지어 몬스터조차도……'

진정한 마 앞에서는 제대로 된 정신을 유지할 수 없는 것인가.

피아를 가리지 않고 모두의 발을 묶어 버린 이유이자, 마가 등장한 이래로 어떤 국지적인 전투조차 발생하지 않았던 이유!

그것은 이하를 포함하여 극소수의 인원을 제외하고는 모조리 정신계 상태 이상에 걸렸기 때문이었다.

이하는 무언가가 생각났으나 지금은 후회나 반성할 여유조차 없었다.

"제기랄, 그래서 그때— 아니, 젤라퐁! 빨리 저놈들한테로— 〈플래티넘 쉴드〉!"

곧장 젤라퐁을 키드와 루거에게로 보내는 동시에 보호 스킬을 사용하며 달렸다.

그러나 플래티넘 쉴드는 개인용일 뿐이며 젤라퐁으로 감싼다 한들 어떻게 될지 알 수 없다.

저 두 사람을 지키기 위해서 어떻게 해야 하는가.

허겁지겁 달려가는 이하의 눈에 꼼지락거리는 인물이 들어온 것은 그때였다.

"어, 엉? 기정아!?"

새카만 몸뚱이로 주변의 유저들을 번쩍 들어 올려 마치 장난감을 정리하듯 한곳으로 모으고 있는 사람.

[별초 사람들은— 내가 맡을 테니까, 형! 빨리, 이쪽으로 와!]

기정은 자신만 움직일 수 있다는 걸 깨달은 그 순간부터 별초의 유저들을 일일이 들어 옮기며 뭉치게 만들고 있었던 것이다.

"미친— 기정아, 부탁한다! 젤라퐁! 둘 다 데리고 저쪽으로!"

[묘오오오옹—!]

젤라퐁은 키드와 루거를 감싸곤 그대로 기정이 있는 곳으로 달려들었다. 이하 또한 플래티넘 쉴드를 켠 상태로 기정에게 향했다.

[〈아흘로의 방패〉!]

기정은 곧장 스킬을 사용했다.

가까스로 그의 뒤로 숨은 이하의 눈에 무언가가 또다시 들어왔다.

기정의 스킬은 분명 앞장서서 막는 것이다. 그러나 현재 하늘을 뒤덮은 얇은 백금색의 막은 무엇인가.

'저건―.'

그것을 계속 볼 수는 없었다.

마의 눈에서 빛의 줄기가 쏟아졌다.

――――――――――――!

"우와아아악!"

폭발, 폭성, 폭염, 폭광이 온 사방을 뒤흔들었다. 이하는 눈을 질끈 감았다.

그럼에도 눈꺼풀을 파고 들어오는 엄청난 양의 빛은 감당하기 어려울 지경이었다.

누구의 신음인지 알 수 없는 비명과 괴성이 폭성 속에 섞여 들었다.

눈을 감고 듣고 있자니 그것은 지옥과도 같다는 생각이 들

지경이었다.

마침내 눈꺼풀을 때리던 새하얀 빛이 모두 사라졌을 때, 이하는 겨우 눈을 뜰 수 있었다.

"……생각보다 괜찮은— 기정아!? 네 스킬 덕분에—."

"아니, 나 때문이 아니야, 형."

"응?"

여전히 말을 하고 제대로 움직일 수 있는 건 이하와 기정뿐이었다.

이하는 기정의 위력에 감탄하려 했으나 지금은 그럴 때가 아니었다.

기정이 가리킨 방향에는 거의 크레이터라고 봐도 좋을 정도로 지형이 파괴되어 있었다.

다만 그 방향이 아리송할 따름이었다.

"저쪽은…… 마왕군 몬스터들이 있던 곳이잖아."

"내 스킬만으로 막을 순 없었을 거야. 이건—."

—하이하, 님, 바하무트 님과 함께— 이게 한계입니다. 이젠—.

"바하무트! 그리고 베르나르 씨였어!"

마가 공격하기 직전, 〈신성 연합〉의 유저들 머리 위로 형성되었던 백금색의 막.

그것은 이하, 기정과 마찬가지로 '고대의 미들 어스'에 다녀와 저항력을 얻었던 베르나르가 바하무트와 함께 모든 힘을 쏟아 내 만들어 낸 쉴드였던 것이다.

"기, 기정아! 얼른 사람들, 옆구리에 낄 수 있을 만큼 껴! 최대한 데리고 가야 해!"

[하지만— 그래 봐야 몇 명이나 된다고! 저게 한 번 더 공격하면 이젠 버틸 수도—.]

"—없어질 텐데!"

때마침 기정의 〈공룡화〉도 종료되었다.

이하는 젤라퐁을 시켜 키드와 루거를 포함, 최대한 많은 인원을 어떻게든 짊어지려 했으나 이곳에 있는 에윈의 본대 전원은 무려 3만여 명이다.

만약 마가 다시 한 번 이러한 공격을 한다면, 그사이 두 사람이 아무리 날고 기어 봐야 100여 명도 채 구할 수가 없는 것이다.

"젠장, 그럼 차라리—."

이하는 곧장 노리쇠를 당기며 뒤를 돌았다.

이렇게 된다면 공격밖에 없다. 한 발이라도 먹여 공격을 저지하는 것만이 살 길이다.

"—……음?"

그러나 하늘에 붉은 구슬은 이미 사라진 상태였다. 마왕이 눈을 감은 것인가, 라고 생각하길 잠시.

"혀, 형! 하늘! 하늘!"

"하늘이…… 밝아진다."

어두웠던 하늘이 다시금 밝아지고 있었다.

남쪽에서부터 비추는 빛이 북쪽으로 퍼진 암흑을 거둬 내는 모습은 자못 감동적이기까지 했으나, 지금은 그런 감상에 빠질 때가 아니었다.

"콜록, 콜록, 콜록!"

"하아, 하아…… 도대체 방금 그건—."

"수, 숨도 제대로, 킷킷, 못 쉴 정도의 압박이 느껴졌는데요. 구, 구플 고소해야 하는 거 아닌가."

유저들이 원상태로 돌아오고 있었기 때문이다.

초월적 존재인 마가 사라지며 동시에 모든 상태 이상이 해제되었다는 의미!

지금 이게 어떻게 되었는지는 나중에 생각할 일이다.

당장 해야 할 일에 대해선 〈신성 연합〉의 유저는 물론 NPC까지도 같은 결정을 내린 상태였다.

"전군 퇴각하라."

본대의 에원.

"2번대, 모두 도망치세요! 후위는 제가 맡을 테니, 몬스터 걱정 말고 살아남는 걱정부터!"

2번대의 신나라.

"2보 전진을 위해서 1보 후퇴는 부끄러운 게 아니다. 돌아가자!"

3번대의 페이우.

"7시 방향으로 7km 후퇴 후, 그대로 정 서향으로 달리면 가장 빠른 길이 나옵니다! 퇴각하세요!"

4번대의 페르낭.

"책임은 나, 알렉산더가 진다. 모두 산개 후퇴."

5번대의 알렉산더까지. 〈신성 연합〉의 5개 대는 전원 퇴각 결정을 내릴 수밖에 없었다.

애당초 퇴각 명령이 나오기도 전, 이미 상당수의 유저들이 부리나케 도망치는 중이었으니까.

[최후의 학살을 막아라 퀘스트가 종료되었습니다.]

'역시. 퀘스트 실패가 아니다. 하지만 성공도 아니라면…….'

퀘스트는 종료되었다.

퀘스트 조건에 맞는 내용이 달성되었으나, '성공' 판정도 나오지 않았다는 건 〈신성 연합〉의 유저가 해낸 게 아니라는 의미로 해석할 수 있다.

'그렇다면 누가…… 음?'

정신없이 돌아가는 와중, 이하는 마의 눈동자가 사라진 장소를 다시 한 번 돌아보았다.

허공에 떠 있던 네 개의 붉은 구슬은 없었지만, 그곳엔 세

개의 검은 기운이 미세하게 남아 있었다.

　일반 유저들이 볼 수 없을 정도로 멀지만 이하에게는 충분히 보이는 거리였으므로, 이하는 그들을 볼 수 있었다.

　"……마왕의 조각!"

　푸른 수염과 기브리드 그리고 피로트-코크리가 허공에서 〈신성 연합〉을 바라보았다.

　이하는 그들과 눈을 마주쳤다.

　푸른 수염은 인상을 찌푸리며 등을 돌렸다. 그의 입이 잠시 우물거리는 것을 이하는 보았다.

　'쳇? 지금 쳇, 이라고 한 건가?'

　기브리드는 무표정했으나 역시 푸른 수염의 뒤를 쫓았다.

　단 하나, 피로트-코크리만이 요망한 미소를 지으며 이하를 바라보고 있었다. 소리는 들리지 않았지만, 그녀의 입 모양은 분명했다.

　[우.리.도.살.았.지.롱]
　[또.놀.자.오.빠!]

　까하하하하하하핫!

　피로트-코크리의 웃음소리는 들리지 않았건만, 자신을 보며 미친 듯이 웃어 젖히는 그녀에게 이하는 섬뜩함을 느꼈다.

'우리도 살았다……? 어차피 교황청에 들어가야 하겠군.'

피로트-코크리마저 푸른 수염의 뒤를 쫓아 날아갈 때 이하도 더 이상 그곳에 머물 수는 없었다.

〈신성 연합〉은 물론이고, 마왕군 소속의 모든 유저들은 물론 마탄의 사수조차 이번 일의 전모를 알지 못했다.

무슨 일이 벌어진 건지 알고 있는 유저는 고작 두 명.

카일 옆에서 치아를 딱, 딱 부딪치고 있는 치요와 푸른 수염에 의해 '아직도' 고문성 스킬을 당하고 있는 파우스트. 두 사람뿐이었다.

"도…… 도대체."

"푸, 푸른 수염 님을 뵙습니다."

메데인과 칼리는 황급히 무릎을 꿇었다.

두 사람은 마왕군의 본진에서 마왕군 유저들에게 지시를 내리고 있었다.

갑작스레 하늘이 어두워지기 시작하다가 치요가 나타나고, 무언가가 번쩍하고, 갑자기 반죽음이 되어 버린 파우스트가 하늘에서 떨어지고…….

이해할 수 없는 일들이 순식간에 벌어진 후에야 마왕의 조각들은 마왕군의 유저들이 모여 있는 곳으로 온 셈이었다.

"222일이 그렇게 긴 시간이었나."

푸른 수염은 두 사람을 향해 걸었다.

그들에게서 조금 떨어진 위치에 있던 치요가 움찔할 정도의 목소리였다.

"예, 예?"

"너희 인간들에게 그 정도는 긴 시간이 아니라 생각했는데. 고작 그것도 못 버텼나."

"그것이 아니라— 그, 파, 파우스트의 권한을 저희가 많이 위임받지 못하여—."

"시끄럽군."

푸른 수염은 손을 휘둘렀다. 메데인과 칼리의 목이 날아갔다.

길드 시날로아와 로스 세타스 소속의 유저들은 전부 눈이 휘둥그레진 채 푸른 수염을 바라보았다.

그러나 그중, 누구도 레에게 말을 할 수 있는 유저는 없었다.

평소보다 훨씬 까칠해진 푸른 수염은 여전히 인상을 찌푸린 채 주변을 둘러보았다.

그의 눈에 누군가가 들어왔다.

"자, 그럼 파우스트가 왜 저딴 짓거리를 했는지…… 알 만한 뱀파이어가 있는 것 같은데."

레는 치요를 바라보았다.

치요는 마른침을 삼켰다.

푸른 수염은 치요를 향해 걸었다.

레의 뒤편에 서 있던 피로트-코크리가 박수까지 치며 웃기 시작했다.

"끼히히히힛! 이유가 뭐 중요하겠어? 오히려 좋지! 나는 갇혀 있는 게 딱 질색—."

"코크리? 죽고 싶나."

피로트-코크리를 바라보는 레의 눈빛은 치요도 볼 수 있었다.

그녀는 자기도 모르게 한 발자국 뒤로 물러섰다.

울타리도 없이 사자를 마주 보는 인간의 느낌이 이러할까. 오히려 산전수전까지 다 겪은 치요였기에 알 수 있었다.

지금 레는 단순한 협박을 하는 게 아니다.

그녀는 방아쇠를 당기는 자들을 많이 봐 왔다.

말만 하는 자와 당기는 자의 눈은 다르다.

'정말…… 피로트-코크리를 죽이려 하고 있어.'

지금 푸른 수염의 눈은 '진심으로' 자신이 한 말을 지키려는 자의 눈이다.

피로트-코크리는 레의 진심 어린 말을 들으면서도 여전히 미소 짓고 있었다.

그러나 더 이상 웃음소리는 나지 않았다.

"레 할아버지가 나를 죽일 수 있을까아~?"

그나마의 미소조차도 억지로 볼에 힘을 주고 있다는 걸 치요는 알 수 있었다.

피로트-코크리는 물러서지 않았다. 오히려 그녀에게서 서려 나오는 느낌은 무엇인가.

'분노……? 피로트-코크리도 화를 내고 있어? 푸른 수염에게?'

무슨 일이 있었기에?

피로트-코크리는 치요를 바라보았다.

그녀와 눈이 마주치자마자 창백한 피부에 체구도 작은 미소녀는 빙긋 웃으며 기브리드의 뒤로 쪼르르 달려갔다.

"기브리드 오빠도 가만히 안 있을 텐데?"

"지금의 나라면 널 없애는 데 동의한다."

"히잉, 기브리드 오빠까지 그러기야? 오빠랑 할아버지는 진짜 영원히 갇혀 있고 싶었단 말이야? 그냥~ '이 정도'만 해도 되잖아! 어차피 아홉로도 없는데, 충분하지 않겠어?"

기브리드가 한 치의 미동도 없이 말하자, 피로트-코크리는 기브리드의 뒤에서 그의 엉덩이를 퍽, 퍽 때리며 투정 부렸다.

당장이라도 그녀에게 달려가려던 푸른 수염은 깊은숨을 내쉬었다.

치요는 그의 숨결에 섞여 나오는 푸른색의 연기를 보았다.

"끌끌, 코크리. 그럼 입이라도 닥쳐 줘. 내가 정말로 너의 턱을 찢어 버리기 전에, 부디."

"알게씀미다, 레 할아버지! 끼힛!"

피로트-코크리는 장난스러운 동작을 하고는 곧장 파우스트에게로 달려갔다.

마왕의 조각들 뒤에 있는 파우스트는 치요가 처음 보는 속박구에 사지와 입, 심지어 눈까지 모두 봉인당한 채 바닥에 던져져 있었다.

그 와중에도 간헐적으로 들려오는 그의 신음을 듣고 있자면, 그가 어떤 일을 겪고 있는지는 뻔한 것이었다.

"치요, 네가 파우스트를 부추겼나."

"무, 무슨 말씀인지 잘 모르겠는데요."

언젠가 푸른 수염과 동격의 위치에서, 그에게 반말까지 하던 치요였으나 지금은 그럴 수 없었다.

마왕의 조각들의 머리 위, 공중에 둥실둥실 떠 있는 붉은 구슬이 무엇인지 충분히 추측할 수 있었으니까.

새카만 암흑에 퍼져 있던 네 개의 붉은 구슬은 하나로 합쳐진 상태였다.

'그러곤 마치 잠든 것처럼……'

조금 전까지 빛나던 구슬은 불이 꺼진 것처럼 있었으므로 치요도 그런 식으로 추측할 수 있었다.

"나에게서 떨어져 나간 이후, 많은 장난 짓거리를 했었지. 이번에도 그러려고 했던 거 아닌가. 가증스러운 인간 놈들에게 우리의 정보를 팔아넘기고, 여기 있는 얼간이 병신들을 부추겨서…… 에얼쾨니히 님의 부활을 막은 게 아니냐는 말이다."

"서, 설마요. 그렇지 않습니다. 오히려— 오히려 저는 〈신성 연합〉의 진격을 막기 위해 노력했다고요. 백작님께서 머리통을 날려 버린 그 두 인간에게 물어봐도— 아니, 여기 있는 다른 인원들에게 물어봐도 이것만큼은 장담할 수 있어요."

치요는 재빨리 답했다. 푸른 수염은 마왕군 유저들이 있는 방향을 흘끗 보았다.

마왕군 유저들은 무언가에 홀린 것처럼 고개를 끄덕였다.

마가 붉은빛의 빗줄기를 내렸을 때, 가장 많은 피해를 본 게 마왕군 소속 유저와 몬스터들이었으므로 이러한 복종은 일견 이상한 것이었다.

현재 이곳에 모여 있는 숫자는 〈신성 연합〉을 요격하러 출진했을 때에 비하여 30%의 수도 채 되지 않았기 때문이다.

그럼에도 마왕군 유저들은 푸른 수염에게 아무런 반발심이 들지 않았다.

어쨌든 자신들은 죽지 않았으며, 향후 '자신들의 편'이 되어 줄 마왕의 능력을 보았으니까.

"그럼 파우스트 저 병신의 독단적인 짓거리란 말인가…… 아니, 독단은 아니겠지만."

동요하지 않는 그들을 보며 푸른 수염은 한숨을 내쉬었다.

그러곤 피로트-코크리를 잠시 노려보았다.

피로트-코크리는 구속된 파우스트를 콕, 콕 찌르기만 할 뿐 푸른 수염을 쳐다보지 않았다.

레는 다시 치요를 바라보았다.

정확히는 치요의 뒤편, 바위에 등을 기대고 선 남성을 바라보았다.

"마탄의 사수…… 아니, 자미엘."

"레, 오랜만이군."

"무슨 생각을 하고 있는지 모르겠지만— 이제 너라고 해도 함부로 행동할 순 없을 거다."

푸른 수염은 카일을 보며 인상을 찌푸렸다.

뱀파이어 치요가 푸른 수염의 지배에서 벗어날 수 있었던 것은 모두 마탄의 사수가 있었기 때문이다.

제아무리 마왕의 조각이라도 '마탄'에는 저항할 수가 없었으니까.

"큭큭, 심연에 들어갔다 나오더니 농담도 할 수 있게 됐나."

"네 힘이 에얼쾨니히 님께 통할 거라 생각하나."

"글쎄. 내 힘이 통하든, 통하지 않든, 어차피 너는 그 모습을 볼 일 없을 테니 신경 쓰지 않아도 될 것 같군."

"뭣—."

"그때가 되면 넌 이미 존재하지 않을 테니까."

카일은 웃었다.

그의 한쪽 눈에서 푸른빛이 번쩍였다.

"그래. 에얼쾨니히 님이 다시 깨어날 때까지는 그냥 두겠어. 그때도 그런 말을 할 수 있는지 보자고. 끌끌, 많이 웃어 두시게."

레 또한 웃었다.

푸른기가 도는 그의 얼굴에 잔주름이 잔뜩 갔으나, 둘은 더 움직이지 않았다.

치요는 둘의 대화와 자신이 알고 있는 사실을 조합했다.

마의 파편, 마왕의 이름은 [에얼쾨니히]라는 점이나 현재 마왕은 힘의 회복 관계로 움직일 수 없다, 는 점은 그리 놀라운 일도 아니었다.

푸른 수염과 카일의 대담에서 충분히 유추할 수 있는 사실이 하나 더 있었기 때문이다.

'……마탄의 사수는 마왕에게 통하지 않는다?'

카즈토르에게서도 들은 적이 없고, 카일의 입에서 직접 들은 적도 없는 마탄의 사수의 비밀!

고대의 미들 어스를 다녀왔거나, 자미엘과 마의 파편 그리고 블랙 베스 등이 탄생하는 시점의 장면들을 본 적이 없는 그녀로서는 상상조차 해 본 적이 없는 일이었다.

미들 어스 최강의 힘이라고 알고 있는 마탄이 통하지 않는 존재가 있다니?!

'만약, 만약 〈신성 연합〉이든, 파우스트든 마왕의 조각을 건

드려서 깨우지 않았다면…….'

완전한 상태의 에얼쾨니히가 깨어났다면 무슨 일이 벌어질 뻔했는가.

자신이 제3세력이 되기는커녕 문자 그대로 미들 어스가 멸망할 뻔했다는 뜻이지 않나.

즉, 치요가 노리는 '일'을 제대로 끝마칠 수 없었다는 의미이기도 했다.

'크, 큰일 날 뻔했어. 만약 그렇게 됐다면— 오토상이 날 가만두지 않았을…… 아니, 지금은 그게 문제가 아니다. 마탄의 사수로 마왕을 저지할 수 없다면 어떻게 해야 하지? 〈신성 연합〉 측에선 마왕을 죽일 수 있는 방법이 있나?'

치요는 빠르게 머리를 굴렸다.

그녀가 원하는 것 오직 하나, 〈신성 연합〉과 마왕군의 균형을 맞춰 놓고, 그 균형의 중심에서 미들 어스의 밸런스를 좌우할 수 있는 자리다.

당연히 그를 위해 필요한 전제 조건은 〈신성 연합〉과 마왕군을 가리지 않고 자신의 힘으로 모두를 굴복시킬 수 있어야한다.

결국 마탄의 사수의 힘이 절대적으로 필요하다는 의미다.

그런데 벌써 마왕군 측에 자신의 힘이 닿지 않기 시작한다면?

'균형이 무너져. 그렇게 되면 모든 계획도 끝—나는…….'

꿀꺽.

그녀는 '현실'에서의 제재를 피할 수 없게 된다.

미들 어스에서 한두 번 죽는 것과는 차원이 다른 일을 겪게 될 가능성이 있다.

치요는 아랫입술을 질겅질겅 씹었다.

그녀가 다른 목적을 갖고 미들 어스를 플레이한 건 그리 길지 않다.

그전까지는 어쨌든 미들 어스라는 시스템의 흐름과 게임 속 시나리오에 대한 충분한 이해가 뒤따랐다. 따라서 알 수 있었던 것이다.

'이게 끝이야. 더 이상 튀어나올 게 없어. 이제 와서 신이니 어쩌고니 하는 게 나올 리가 없다면— 결국 지금 주어진 자원으로만 해결하는 게 미들 어스의 전형적인 특징…….'

이미 모든 플레이어가 서로 카드를 공개했는데, 자신이 쥐고 있는 게 1등 패가 아니었단 말인가!?

평소의 그녀라면 결코 보이지 않을 초조함을 드러낼 수밖에 없는 상황이었다.

치요는 잠시 눈치를 보았다.

'어떻게 해야 하지? 카일은 내 말을 듣긴 하지만 완전 지배할 수 있는 게 아니야. 저쪽도 바라는 건 미들 어스의 파괴뿐이지. 하물며— 내가 물어보는 모든 말에 답해 주는 것도 아니다.'

현재 자신이 처한 상황이 어떤가.

이 상황을 타개하기 위해서 필요한 지식은 무엇인가.

해당 지식과 정보는 누가 가지고 있을까.

그녀는 고민했다.

'빌어먹을…….'

떠오르는 방법은 몇 가지 되지 않았다.

마왕의 부활은 미들 어스 전역으로 곧장 퍼졌다.

신대륙 중부의 텔레포트 가능 지점까지 미처 후퇴하지 않은 채, 적당히 몸만 빼내고 로그아웃한 유저들도 있었기 때문이다.

그들이 인터넷에 올린 사진과 녹화 영상 자료는 곧장 미들 어스 커뮤니티 전역을 달궈 놓기에 충분했다.

"그래서…… 벌써 아는 사람이 많은 거구만."

"후우우, 그렇대. 아마 우리가 가장 빨리 돌아왔을 텐데 말이지."

이하와 기정은 초췌한 얼굴로 마주 보았다.

에윈을 비롯한 〈신성 연합〉의 본대는 하루에 1시간여의 휴식을 제외하고는 모든 힘을 다해 후퇴했다.

조금이라도 먼저 에즈웬 교국에 이 사실을 알리기 위함이었건만, 또 다른 방법으로 그것을 끝낸 자들이 있었다니.

"블라우그룬 씨, 바하무트 님은—."

"이제 거동은 가능하시지만…… 아무래도 드래곤 하트에 손상이 간 것 같아 보이십니다."

"하트에요?"

블라우그룬은 침울한 얼굴로 고개를 끄덕였다.

사실상 〈신성 연합〉 전원을 살려 낸 것이나 다름없는 게 바하무트와 베르나르의 연계 배리어였다.

마왕을 보고도 멀쩡할 수 있었던 몇 안 되는 유저이자, 성녀 라파엘라가 인정할 정도로 '대마對魔' 관련 신성력에 대해서는 압도적인 힘을 지닌 베르나르의 공은 결코 적은 게 아니다.

그는 할 수 있는 최선을 다했다.

거기에 더해 바하무트는 〈신성 연합〉 전원을 보호하기 위한 배리어를 생성시켰다.

전대의 바하무트에 비하면 '마법사형'의 드래곤이, 자신의 생명과 직결되는 드래곤 하트에 무리가 갈 정도로 모든 마나를 쥐어 짜내어 배리어를 펼쳤다는 의미다.

'모르긴 몰라도, 전대의 바하무트에 비추어 보자면……. 바하무트는 자신의 목숨을 바쳐서 마왕의 조각과 동귀어진이라도 할 수 있을 정도일 거야. 즉, 마왕의 조각을 제압할지도 모르는 힘을 사용해서—.'

그들이 해낸 일은 마왕의 공격을 [1회] 막아 낸 것뿐이다.

이하는 새삼 다리에 힘이 풀리는 느낌을 받았다.

만약 공격이 한 번만 더 이루어졌다면. 바하무트는 죽었을지도 모른다. 바하무트가 살아남았다면, 〈신성 연합〉의 70% 이상이 사망했을지도 모른다.

고작 한 번의 공격으로…….

이하가 더욱 절망을 느낀 건 방어 외의 다른 방법이 없다는 걸 알고 있기 때문이었다.

마왕을 보고 움직일 수 있었던 건 베르나르뿐만이 아니다.

람화정 또한 마왕의 공격 당시 자신이 할 수 있는 수를 썼었다. 그것은 바로 공격이었다.

마왕의 빛줄기에 대항하여 그녀는 모든 마나를 쏟아부어 스킬을 사용했다고 했다.

'하지만 결과는…….'

이번 〈신성 연합〉과 마왕군 몬스터의 대치 전선에서 가장 큰 피해가 발생한 곳이 바로 람화정이 있던 지역이었다.

람화정의 스킬은 마왕의 빛줄기와 부딪쳤고, 그 충격파는 상상도 할 수 없을 정도로 강력했다.

그 주변의 마왕군 몬스터는 아예 흔적조차 남지 않고 증발할 정도였으며, 바하무트와 베르나르의 쉴드가 있었음에도 〈신성 연합〉 유저 중 사상자가 나온 것만으로도 알 수 있는 사실이다.

'으음, 어쩌면 바하무트 님의 하트가 더 심각해진 원인— 크흠! 꼭 그렇지만은 않겠지만, 여하튼 공격으로 공격을 막아 낼 수 없다는 걸 배운 셈이네.'

어쨌든 바하무트와 베르나르는 〈신성 연합〉의 대부분을 지켜 주었다.

"그럼 앞으로는요? 바하무트 님께서는—."

"아마도…… 향후 로드께서 직접적인 활동을 하기에는 무리가 있으실 겁니다."

자신의 몸을 희생해서.

조언이나 메탈 드래곤들의 지휘는 충분히 가능하겠지만, 전대의 바하무트가 푸른 수염과 직접 1:1 대결을 펼칠 정도로 나섰던 것에 비한다면 향후 그런 일이 벌어질 가능성은 적다는 의미였다.

"킷킷, 하긴, 스토리 라인이 여기까지 풀렸으면 유저들의 힘으로 풀어 나가라는 의미이겠지만—."

"죽을 맛이 되겠군요. 하, 하핫……."

비예미와 혜인이 허탈하게 웃었다. 이하의 근처에 있던 키드와 루거도 죽을상인 것은 마찬가지였다.

"터무니없는 힘이었습니다. 단순히 유저들의 힘을 합한다고 가능한 일이 아닐 겁니다."

"뭬, 게다가 키드, 네 녀석도 봤지? 마지막에 분명히 보였다. 마왕의 조각도 있어."

루거는 자못 심각한 얼굴로 말했다.

그러나 이곳까지 오며 이미 많은 유저들이 예상한 바였다. 그것은 그다지 특이한 일도 아니다.

"그거야 당초 퀘스트를 부여받을 때도 알고 있던 게 아닙니까. 교황이 직접 이야기했던 바입니다. 우리가 마왕을 직접 깨웠어도 마왕의 조각은 남아 있었을 겁니다."

어차피 〈신성 연합〉이 원하는 게 불확실한 마왕을 깨우고 마왕의 조각의 상태 그대로 보존시키는 것이었으니까.

그들을 '하나의 개체'로 합하게 만들어서는 안 된다는 게 바로 퀘스트의 성공 조건이었기 때문이다.

"크, 크흠! 어쨌든! 아는 거 많아 좋겠다! 제기랄, 그나저나 교황 그 자식은— 이게 퀘스트 성공했을 때의 상황과 똑같다면! 우리가 어쨌든 상대할 수 있어야 하는 거 아니냐는 말이지!"

루거는 괜스레 민망하여 소리를 버럭 질렀다.

그 점에 대해서는 웬만한 유저들도 별말을 할 수 없었다.

초월적 존재를 바라보기만 해도 상태 이상에 걸린다. 그것도 단순한 마비나 혼란, 공포 따위가 아니다.

유저들이나 몬스터들이 시전하는 것에 비해서 훨씬 더 직접적이고 강력한 정신적 제재가 가해진다면, 도대체 어떤 대응책을 준비할 수 있단 말인가.

"하이하 네놈…… 무슨 방법을 알고 있었던 거지. 네 녀석과 여기 띨띨이는 어떻게 움직일 수 있었던 거냐."

"띨띨이? 루거 씨? 당신 생명의 은인한테 그런 말투는 좀—."

"베르나르와 람화정의 이야기까지 고려하자면, 떠올릴 수 있는 건 '고대의 미들 어스'뿐입니다. 다시 라퓨타를 다녀오면 그렇게 할 수 있는 겁니까."

기정이 루거에게 따지고 들려 했으나, 키드는 그들의 다툼 따위를 가볍게 무시하며 이하에게 물었다.

이하는 잠시 한숨을 내쉬었다.

"나도 사용법을 몰랐던 아이템이 있어."

"……아이템?"

"뭐, 아이템이 아니고서라도 '인던' 몇 번 다녀오면 저항력이 생기게 만들 수 있지만…… 아마 처음부터 그런 의도로 만들어진 건 이 아이템밖에 없겠지."

"그게 뭡니까."

이하는 쓴웃음을 지었다. 에즈웬 교국에서 받은 재료 아이템이 하나 있었다.

어디에 쓰는지 그 용처조차 명확하지 않아 우선 가방에 넣어 두었던 아이템.

그러나 아이템의 '출처'나 '획득 방법'을 생각한다면, 그 아이템은 당연히 이런 일에 대비해서 만들어진 것이리라.

"레오리오 13세의 보물."

"레오리오……? 처음 들어 보는 이름인데."

"키킷, 13세? 어디 왕족인가 보죠?"

주변의 유저들은 들어 본 적조차 없는 이름이었다.

당연한 일이었다.

"아뇨. 77대 교황이에요."

"교황?"

처음부터 그 이름이 들어가 있던 아이템은 이하 혼자서만 챙겼으니까.

키드와 비예미 그리고 혜인의 눈이 번뜩였다. 세 사람이 동시에 외쳤다.

"쟌나테의 열쇠!"

〈쟌나테의 열쇠〉는 에즈웬 교국의 오랜 대립을 만들어 낸 아이템이다.

신의 상징일 뿐이라는 [영적靈的 상징설說]과 신의 옥체를 보러 가는 여정 중에 사용된다는 [육적肉的 실체설說]의 대립이 그것이다.

그리고 이하를 비롯하여 몇몇의 유저는 〈쟌나테의 열쇠〉를 사용, 고대의 미들 어스에 있는 주신 아흘로의 실체를 목격했었다.

단순히 개념과 신성력으로써의 '신'이 아니라, 실제로 음성을 지닌 '신'이라는 것. 즉, 신이라는 개별적 존재가 있음을 증명하고 나서 이하는 보상을 받았다.

제77대 교황 레오리오가 역대 교황들에게 줄곧 남겨 왔던 보물.

"……음? 이게 뭐야 형? 성수聖水 같은 건가?"

"킷킷, 이런 건 교황청 광장의 분수대에만 가도 있는 건데 말이죠."

이하가 꺼낸 작은 병을 보며 기정과 비예미가 고개를 갸웃거렸다.

"다, 달라요! 이건……. 아니, 성수는 성수겠지만 일시 무기 강화 따위의 용도로 쓰는 그런 것과는…… 개념조차 다르다고요."

그러나 이하도 당황스럽긴 마찬가지였다.

자신도 교황에게서 이것을 처음 받았을 때, 두 사람과 똑같은 생각을 했었기 때문이다.

〈부모를 마주한 자식의 눈물〉

설명: 제77대 교황 레오리오 13세는, 부모를 한 번도 바라보지 못한 자식의 심정으로 기도를 올렸다. 그의 눈에서 떨어진 눈물은 따스함을 잃지 않은 채 몇 시간이 지나도록 증발하지 않았고, 레오리오 13세는 이것이 주신의 답변이라는 믿음을 지니게 되었다. "언젠가 부모를 처음 마주하게 되었을 때, 놀란 우리들이 기댈 수 있도

록 만드신 자비이자 증거, 그의 따스함이라고 나는 믿는다." 레오리오 13세는 이것을 교황의 보물이자 교국의 보물이라 선언했다.

'그게 아니었어. 역시 미들 어스답다고 해야 할까.'

효과가 없이 설명만 있는 아이템은 〈재료용 아이템〉인 경우가 많다.

그것도 명확한 해석에 따라 해당 용도로 사용치 않으면 그저 소멸해 사라지거나 아무런 효용도 갖지 못하므로, 대다수의 유저들은 극히 조심히 다루거나 또는 아예 잊고 사는 게 일반적인 것이다.

'아마도 이 해석이…… 그런 의미겠지.'

이제야 이하에게도 그 말의 의미가 와닿았다.

에즈웬 교국의 다수설은 '영적 상징설'이었다.

'육적 실체설'을 지지하는 자는 과거에도, 이하가 그것을 증명하기 이전에도 극히 소수에 지나지 않았다.

'정작 교황이었던 자가 육적 실체설의 지지자였다니.'

그러나 레오리오 13세는 교황이면서도 바로 그 소수파였던 것!

'신이 육신을 지니고 있다면 미물과도 같은 우리 인간은, 과연 그분의 존안을 볼 수 있을까. 우리가 받아들일 수 없는 것을 마주하게 된다면 미쳐 버리지 않을까.'라는 생각을 당연히 했다는 뜻이며, 그것에 대한 대비까지 마쳤다는 의미다.

"그래서…… 이걸 어떻게 쓰는데? 예전에 그 아흘로의 피였나? 그것처럼 한 방울 톡 바르는 건가?"

"으음, 그걸 모르니 이제부터 교황청에 가 봐야 한다는 거겠지."

당시의 교황도 용처를 명확히 하지 못한 채 이하에게 건네주었지만 지금은 다르다.

충분한 상황 설명과 아이템의 해석을 교황에게 말해 준다면.

그것이 바로 '키워드'가 되어 다음 스테이지로 나아가는 열쇠가 될 것이다.

Geschoss 3.

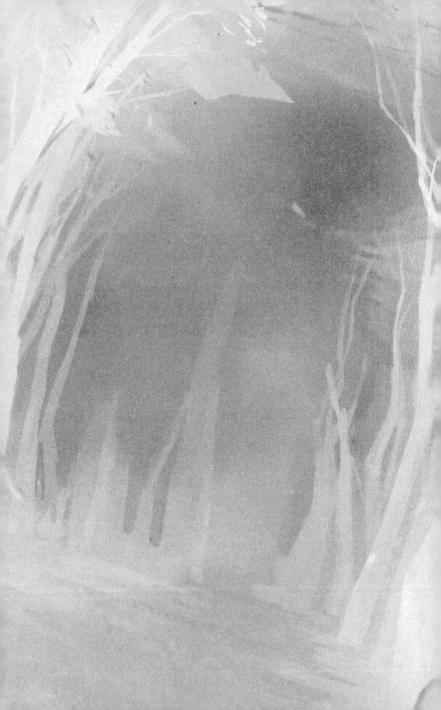

　그로부터 몇 시간 후, 교황의 앞에는 〈신성 연합〉의 총사령관 에윈을 비롯하여 이번 퀘스트의 주축이 되는 인물들이 잔뜩 모여 있었다.

　알렉산더와 베일리푸스, 이지원은 물론 이하와 기정 심지어 프레아까지도 전부 참여한 상태였으니 평소와 달리 교황의 알현실이 북적거리게 느껴질 정도였다.

　"……그렇게 된 겁니까."

　"능력이 부족하여 임무를 완수하지 못한 점, 죄송할 따름입니다, 성하."

　"아니, 아닙니다. 마의 파편이 눈을 떴다는 건 분명 경악할 일이지만— 마왕의 조각들이 있다는 것만으로도 우리의 임무는 어느 정도 완수한 셈이 되었을 테니까요."

누구의 주도하에 되었는지가 다를 뿐, 결과 자체는 〈신성 연합〉이 원하는 것이다.

　그러나 과연 이 정도로 충분한 거였을까?

　이하는 고개를 저었다.

　만약 〈신성 연합〉의 주도로 마의 파편을 깨웠다면, 마왕의 조각 중 하나 정도는 어떻게든 죽일 수 있는 상황이 나왔을 것이다.

　'〈의지의 탄환〉으로 레를 노렸다면…….'

　푸른 수염의 즉사 포인트에 이하의 탄두가 닿았을 것이다.

　거기에 더해, 이지원이 〈심연의 아가리〉를 연 상태를 유지할 수 있었다면.

　키드나 루거, 알렉산더와 기정, 베르나르, 라파엘라 등 신성력 관련 스킬이나 파괴적인 물리 데미지를 입힐 수 있는 유저들이 심연 속에서 정신을 차리지 못한 기브리드나 피로트-코크리를 난도질해 놨을 수도 있다.

　즉, 불완전한 마의 파편을 깨움과 동시에, 나머지 마왕의 조각까지 전부 없애 버릴 수 있지 않았을까.

　이하는 새삼 안도가 되었다.

　이번 퀘스트 내용 안에 거기까지 포함되어 있었다면, 지금의 경우는 100% 실패라고 봐야 하기 때문이다.

　'바하무트의 실질적인 참전 기회를 날려서 얻은 게…… 퀘스트 실패가 아니다, 라는 자위 정도라니.'

분위기가 가라앉은 알현실 내에서 슬그머니 기정이 입을 열었다.

"교황 성하, 혹시— 이하 형이 가지고 있는 저거, 눈물은 사용할 수 있는 건가요?"

"으음, 나 또한 궁금한 일이로군. 로드를 제외한다면 우리들조차도…… '그것'을 정면으로 바라볼 수 없었다."

초월적 존재에 대한 저항력은 어떻게 지닐 수 있는가.

알렉선더의 곁에 있던 베일리푸스도 몸이 달아 물었으나 교황은 쉽사리 답하지 못했다.

"저 또한 알 수 없습니다. 역대 교황들께서도 연구하셨지만 단순한 기도와 연구로 답을 알아낼 수는 없는 기적의 보물이었으니까요."

지금의 교황은 물론이고 전임 교황조차 풀지 못했던 숙제 중 하나다.

영적 상징과 육적 실체에 대한 논란을 종식시킨 것 자체가 얼마 되지 않았으니, 당연히 해당 아이템을 어떻게 사용해야 하는지에 대한 연구 따위가 이루어진 적이 있을 리가 없는 셈이다.

"킷킷. 애당초 봉인되어 있던 보물이라고 했었으니…… 결국 고대의 미들 어스를 다시 한 번 다녀와야 알 수 있으려나."

"불가능합니다. 마왕이 깨어난 지금, 신대륙의 동부를 향하는 것은 죽으러 가는 것과 다름없습니다."

"퉤, 하지만 어쩔 수가 없잖아. 저게 없으면 우리는— 고양이 앞의 쥐처럼 덜덜 떨다 죽는 방법밖에 없다고."

아이템의 설명은 이미 충분히 공유했기에 모두가 '눈물'의 사용법에 대해 왈가왈부하고 있었다.

신대륙 동부로 가야 한다. 교황청에서 사용해야 한다.

그것도 아니라면, 신적 존재에 필적하는 생명체의 인근에서 가야 한다, 과거 주신 아흘로가 있던 장소를 현대의 시점에서 재탐방해야 한다.

자신들의 의견을 하나씩 얹어 보지만 답변이 나오지는 않았다.

모두가 모호한 추측으로 목청만 키우고 있을 때, 누군가가 조용히 손을 들었다.

"그, 저, 저기—."

그러나 눈치나 살살 보는 이단 심문관의 목소리와 행동에 집중한 자는 없었다.

한 사람만 빼고……

"모두 조용히 하세요!"

"화, 화연아!?"

"람—화연 씨?"

"킷킷, 누가 더 시끄러운지. 아이고, 귀청이야."

람화연은 비예미를 한 번 째려보고는 베르나르를 가리켰다.

그녀의 손가락 끝에 위치한 베르나르는 여전히 수줍은 표정으로 반쯤 손을 든 상태였다.

"베르나르 씨?"

"그, 그것은— 아마도 해석에 의지해야 한다고 생각합니다. 비단 제가 에, 에즈웬의 경전을 많이 해석했기 때문만이아니라, 미들 어스의 시스템적 판단이 들어갈 테니까요."

"으에에, 무슨 소리— 쉽게 말씀해 주세요!"

기정이 학을 떼는 표정으로 말하자 베르나르는 잠시 움찔거렸다. 그는 주변의 눈치를 보며 다시금 입을 열었다.

"레, 레오리오 13세께서 말씀하셨습니다. '언젠가 부모를처음 마주하게 되었을 때, 놀란 우리들이 기댈 수 있도록 만드신 자비이자 증거, 그의 따스함이라고 나는 믿는다.' 설명문이 아니라, 그분께서 '직접' 남긴 메시지는 바로 이것. 바,바꿔 말하자면— 두 가지 키워드가 숨어 있다고 볼 수 있습니다."

목소리는 결코 크지 않았으나 이제는 모두가 집중하고 있었다.

눈물의 키워드를 교황청에서 풀어야 한다고 생각했던 이하도 마찬가지였다.

"하나는 〈마주하게 되었을 때〉. 그리고—."

"〈기대다〉인가."

"……잠깐, 잠깐. 그 말은 즉— 상태 이상에 빠졌을 때, 해당 아이템을 사용했었어야 한다?"

이하와 알렉산더의 말을 라르크가 정리했다. 베르나르는 라르크의 말을 들으며 고개를 끄덕였다.

이 아이템은 미리 무언가를 하는 게 아니다.

"하, 하이하 님과 저를 비롯한 몇몇은 이미 움직일 수도 있었으니, 사용한다는 게 큰 부담은 되지 않았을 겁니다. 아니, 설령 움직일 수 없다 해도 아이템을 꺼내어 사용하는 정도는 무리가 되지 않았을 테니……."

유저들이 상태 이상에 빠졌던 그때 오히려 사용을 했어야 효력을 발휘할 거라는 게 베르나르의 해석이었다.

논리 정연한 해석에 더 이상 반박을 다는 사람은 없었다.

루거와 키드는 곧장 이하를 돌아보았다.

"멍청한 자식, 왜 안 썼지!?"

"그럴 때 쓰는 건지 내가 어떻게 알아!"

"하이하의 머리라면 충분히 가능한 일입니다. 만약 나에게 있었다면—."

"참 나, 자기도 한마디 못 해 놓고는!"

오히려 이하를 탓하는 두 사람 정도를 제외한다면, 아이템의 용법은 어느 정도 결정된 셈이었다.

이하가 루거, 키드와 아옹다옹하고 있을 때, 신나라가 말했다.

"크흠, 그보다도— 이하 씨?"

"네?"

"이하 씨랑 베르나르 씨랑 람화정 씨……그리고 마스터케이 씨와 저까지— 마왕을 보고도 움직일 수 있었던 이유는 단순히 고대의 미들 어스 때문만이 아니었죠?"

"아, 아아! 그니까! 아까부터 그 말을 하려 했는데 이 자식들이 자꾸—."

이하도 그제야 생각났다는 듯 말했다.

원래대로라면 이번 원정 전에 끝내려 했던 일이지만, 시간 관계상 하지 못했던 것!

"우, 우와아악—!"

"침입자다, 막아!"

"마왕군의 앞잡이, 현상 수배범이야! 어떻게 여기까지!?"

"음?"

"무슨—."

"누군가 온다."

크툴루가 있는 고대의 던전, 그곳을 클리어한 보상 조건이 바로 초월적 존재에 대한 저항력 생성이다.

그러나 이하가 그 말을 꺼내기 전, 교황청 내부에서 소란이 일었다.

교황의 알현실까지 들릴 정도의 소란이라니?

게다가 침입? 마왕군의 앞잡이? 현상 수배범?

"누가 감히…….."

기정이 가장 먼저 방패를 들고 앞섰다. 어느 때라도 탱커의 본능은 살아 있었다.

쾅—!

교황의 알현실 문이 열렸으나 이미 유저들은 전원 전투 준비를 마친 상태였다.

탱커와 딜러 그리고 서포터형 유저들은 최적의 포지션으로 알현실 문을 겨눴다.

그러나 누구도 선제공격은 실시하지 못했다.

"어, 어어!?"

"네 녀석— 감히이이이!"

"자, 잠시만요! 혜인 형님!"

누구보다 흥분한 건 별초의 혜인이었다. 평소와 달리 지팡이로 후려치려는 듯 달려 나가는 그를 기정이 겨우 말렸다.

이하는 혜인이 어째서 그런 행동을 하는지 충분히 이해할 수 있었다.

"사스케…… 당신이 어째서…….."

교황의 알현실 문을 박차며 들어온 사람은, 치요의 심복, 사스케였으니까.

뒤쫓아 온 팔라딘들은 그를 즉시 체포했다.

그는 내부의 인원들을 빠르게 훑어보았으나 결국 최종적으로 이하에게 시선을 고정한 채 말했다.

마탄의 사수

"치요 님의 정보 교환 요청이다. 나는 그 사자使者로서 왔다."

상호 귓속말도 주고받을 수 없을 정도로 모든 것을 차단한 자가 서로 연락하기 위해선 결국 위험을 무릅쓰고 희생을 해야만 한다.

이 시점에서 놀라운 점은 결국 하나.

위험을 무릅쓰고 자신의 말 하나를 버려야 할지 모르는 상황을, 치요가 먼저 선택했다는 것이다.

〈신성 연합〉의 군세가 퇴각하는 며칠이 지나도록 고민한 끝에 그녀가 선택한 한 수.

"정보 교환?"

"마왕, 에얼쾨니히에 관련된 정보다."

심지어 치요 측은 먼저 카드 한 장을 보여 주었다. 교황이 자리에서 벌떡 일어나며 외쳤다.

"에, 에얼쾨니히!"

당장이라도 사스케의 목을 쳐 버리고 싶은 유저가 수두룩했으나, 교황의 반응으로 인하여 그들은 아무 행동도 할 수 없었다.

사태는 기묘하게 흘러가는 중이었다.

"성하?"

"에얼쾨니히라면…… 경전에도 몇 번인가 언급되는 이름입니다. 과거 주신께서 마魔와 대항할 때 마가 애용했던 무기— 아니, 그 무기라는 표현도 결국 마의 공격 방식이라는 의견이 있었습니다만…… 어쨌든 가장 흉포하고 강력했다고 전해지는—."

"무기? 공격 방식?"

"자, 잠깐만요. 근데 방금 그게 마왕의 이름이라고— 아니! 아무 말씀도 마세요."

이하는 곧장 교황의 입을 다물게 했다. 마왕과 관련된 정보는 한마디라도 천금이 될 수 있다.

그러나 교황청의 팔라딘들에게 제압된 사스케는 무릎을 꿇은 채 유저들과 교황을 바라보기만 할 뿐이었다.

"어차피 우리가 알고자 하는 건 그런 게 아니다."

"그럼 뭘—."

"자, 자. 흥분들 하지 마시고. 우리 하이하 씨가 또 흥분하면 말실수하실 때가 있으니…… 어떻게, 그 얘기는 나랑 좀 할까요?"

앞으로 나서려는 이하를 막으며 라르크가 말했다.

사스케는 빠르게 고개를 저었다.

"네가 알 수 있는 일이 아니다, 라르크."

"오홍. 그러시다? 나는 모르고 하이하 씨는 아는 일이라 이건가? 우리끼리는 거의 모든 정보를 공유하고 있는데요?"

라르크는 눈썹을 움직이며 장난스러운 말투로 말했다. 알렉산더가 순간 거북한 표정으로 라르크를 노려보았다.

이렇게 진중한 자리에서, 어떤 정보가 오갈지 모르는 상황에서 보이는 경박함을 참을 수 없다는 의미였으나 오히려 신나라와 람화연 등은 조용히 사스케의 반응만 살피고 있었다.

"아니, 너는 알 수 없다."

사스케는 간단히 답했다.

이하가 사스케에게 하나의 정보도 넘기려 하지 않았듯, 그 또한 치요에게 엄명을 받은 상태였다.

최대한 많은 정보를 빼내고 최소한의 정보만 내줄 것.

그러나 라르크가 이런 행동을 한 이유가 무엇인가.

정보는 굳이 오고 가는 말에만 있는 게 아니다.

"자~ 그럼 뭐, 뻔하지. 마탄의 사수 관련이라는 소리구만. 나는 모르고, 하이하 씨는 알고. 설령 우리 둘이라 하더라도 공유하지 않을 법한 지식이면서 동시에 치요에게 필요한 것. 간단한 소거법에만 의거해도 너무나 뻔하게 도출되는데. 그죠?"

〈말하지 않는 것〉에서부터 정보를 빼낼 수 있는 능력. 그것이 바로 정보전의 진수다.

하이하를 비교 대상으로 두고 말한 것에서 라르크가 모를 만한 일이라면 하나밖에 없으니까.

사스케는 태연자약한 표정으로 더 이상 답변하지 않았다.

라르크는 그런 사스케를 보며 잠깐 긴장했으나 람화연은

오히려 놀란 눈으로 사스케를 내려다보고 있었다.

"교육을 철저히 받나 보네. 인중이 아주 미세하게 떨린 정도를 제외하면, 표정의 변화가 아예 없어요. 람롱에서도 그렇게까지 비밀 관리 유지를 하는 사람은 드문데 말이지."

거의 모두를 속일 수 있는 포커페이스여도 람화연은 속일 수 없기 때문이다.

라르크는 람화연의 '지원 사격'을 들으며 미소 지었다.

"크으으, 역시 람화연 씨야. 오케이, 그럼 저쪽에서 원하는 건 마탄의 사수와 관련된 무언가라고 일단 확정해도 될 것 같고, 하이하 씨나— 뭐, 키드 씨, 루거 씨. 누가 됐든 당신들에게 정보를 줄 만한 사람은 있을 겁니다. 하긴, 애당초 그런 생각을 하고 있었으니까 겁대가리 없이 여기까지 들어왔겠지."

그러나 라르크도 언제나 사람 좋은 얼굴만 하는 건 아니었다.

치요와 시노비구미, 소위 〈제3세력〉을 자처하는 그들 때문에 입은 피해가 얼마나 큰가.

중요한 시기마다 훼방을 놓는 그들 때문에 〈신성 연합〉의 참모 입장에서는 말 그대로 탈모가 올 정도로 고생을 했던 라르크에게, 사스케가 곱게 보일 리 없었다.

사스케는 굳은 표정으로 자신을 바라보는 라르크의 눈길을 피하지 않았다.

"당신들이 줄 수 있는 정보는?"

라르크도 그런 사스케를 계속해서 노려보며 말했다.

사스케의 몸이 부르르 떨린 것은 그때였다.

기정을 비롯하여 라파엘라와 베르나르 등은 곧장 방어를 준비했으나, 자폭 공격 따위를 노린 건 아니었다.

"좋아, 좋아. 하지만 나는 라르크 당신과는 얘기하기 싫은데."

"음?!"

"목소리가—."

"눈빛마저 변했어요."

모든 각오를 마친 얼굴이었던 사스케에게서 음흉한 미소가 떠올랐다.

목소리마저도 어울리지 않게 높은 톤으로 이야기하는 그를 보며, 이하는 누군가가 떠올랐다.

"……치요."

"오랜만이네, 하이하? 우리 둘이서 얘기나 좀 했으면 좋겠는데."

"왜 나지? 지금 이곳에서 할 수 없는 얘기라는 건가?"

"흐으응, 아니, 나는 상관없어. 하지만— 내가 말하는 정보가 이들 모두에게 새어 나가도 상관없다는 걸까?"

사스케는 주변을 둘러보았다.

기개 높은 남성의 눈빛은 온데간데없었다.

마치 뱀처럼 먹잇감을 훑어보는 그 눈빛에 몇몇 유저들이 움찔거리며 뒤로 물러설 정도였다.

사스케는 미소 짓고는 다시금 입을 열었다.

"정보라는 건 마구잡이로 공개하는 게 아니잖아? 혹시 하이하 당신 혼자서…… 써먹을 수 있는 정보가 있을지도 모르는데. 괜찮겠어?"

사스케의 말을 들으며 라르크가 이하를 바라보았다.

확실히 치요에게는 '이쪽'에 없는 많은 정보가 있을 것이다.

거기에 저쪽에서 협상 대상자를 이하로만 지정해 온다면?

정보의 비대칭성이 중요한 미들 어스라는 게임에서 이하는 남들보다 앞 선 지위를 얻을 수 있을지도 모른다.

"치요, 난 이 정도 이간질에 넘어가지 않아."

그리고 이하는 단 한마디로 라르크의 걱정을 불식시켰다.

그것은 주변에 있던 유저들도 마찬가지였다.

이하는 알고 있었다. 절대로 두 사람만의 자리를 마련해서는 안 된다는 것을.

좋은 정보를 입수할 수 있든, 없든 이하와 치요 두 사람의 자리는 반드시 오해와 걱정 그리고 질투를 불러일으킬 것이다.

"그 정도로 우릴 분열시킬 순 없다고."

그렇다면 제2의 파이로 사태가 생길지도 모른다.

치요가 그것을 노리고 있다는 걸 이미 간파한 이하였기에, 아무런 고민도 없이 그녀의 제안을 물리칠 수 있었으리라.

실제로 사스케의 표정은 조금 전보다 굳은 상태로 한숨을 내쉬었다.

그러곤 곧장 물었다.

"좋아. 그렇다면 용건만 빠르게 말하지. 우리가 원하는 건 마왕을 죽일 수 있는 방법이야."

알렉산더의 손에 자연히 힘이 들어가는 물음이었다.

"마왕을―."

"죽일 수 있는 방법?"

키드 그리고 루거도 잠시 움찔했다. 이하는 두 사람을 바라보았다.

지금 이 상황에서는 함부로 단어를 내던져선 안 된다.

무엇보다 이하를 비롯한 다른 유저들도 마왕을 죽일 수 있는 방법에 대해선 아무런 확신이 없지 않은가.

오히려 이런 상황에서 괜한 말로 치요에게 단서가 될 만한 정보를 주어선 안 된다.

"그건 우리도 모른다."

"아니, 넌 알고 있어."

치요는 이하의 답변을 듣자마자 고개를 저었다. 이하는 치요를 보며 어깨를 으쓱였다.

"글쎄, 내가 알고 있는 만큼 너도 알고 있을 텐데."

"주신 아흐로를 만났잖아. 분명히 거기서 무슨 이야기를 들었을 거야. 어떤 방법이지?"

사스케의 목소리에 조금 더 힘이 들어갔다. 이하는 잠시 사스케를 바라보았다.

팔라딘에 의해 제압당한 채, 무릎 꿇은 자세로 자신의 앞에 앉아 있는 사스케=치요를 보는 광경은 이하에게 제법 새로운 느낌을 주었다.

'이건……'

써먹을 수 있을지도 모른다.

이하는 천천히 사스케의 앞으로 걸어갔다. 그러곤 주저앉았다.

"흐으음, 그러게. 뭐라고 했더라?"

이하는 과장된 동작으로 표정까지 바꾸며 말했다.

장난스러운 말투와 히죽거리는 미소.

이하의 의도는 명백했다.

사스케—치요에게 최대한의 분노를 자아내고자 하는 것.

몇 번이나 찾아오는 기회가 아닌 이럴 때에, 치요의 인내심이 과연 어디까지 버틸 수 있을까.

"이거야, 원, 기억이 잘 안 나는데에?"

또 치요가 어떤 상황에 처했으면 이러한 모험을 했을까.

그러나 눈을 감고 고민하는 연기까지 하는 이하를 보면서도 사스케의 얼굴은 흔들리지 않았다.

'으음, 역시 이 정도의 단순한 도발은 먹히지 않나. 하지만 흔들어 놔야 해. 치요가 생각지 못한 부분을 더 건드려서 동요하게 만들어야—.'

〈신성 연합〉의 두뇌들을 일깨울 수 있다.

치요와 한 번이라도 '수 싸움'을 했던 유저들은 그녀의 질문에 매몰될 수밖에 없다.

어떤 의도로 저러한 말을 하는가. 어떤 계획을 갖고 있는가. 이 모든 것이 거대한 함정은 아닌가.

람화연과 라르크, 신나라가 치요를 바라보는 눈빛만 봐도 이하는 그들의 생각을 알 수 있었다.

평소 거시적인 안목을 자랑하는 그들도 치요를 상대할 때는 언제나 최고의 집중을 하기 마련이었고, 최고의 집중이란 결국 좁은 안목으로 이어질 위험이 있는 것이다.

그런 의미에서 이하가 본능적으로 선택한 방법은 최적이라고 봐도 좋은 것이었다.

치요의 질문에 집중하지 않고, 자신만의 생각을 하는 것.

무엇보다 치요의 눈을 바라보지 않고 있다는 점까지도.

빨려 들어갈 것 같은 그녀의 눈을 보는 순간, 웬만한 유저들은 자신이 어떤 대화를 해야 하는지도 잊기 때문이다.

'어디 보자, 어디 보자아…… 그런 식이라면— 음!?'

눈을 감은 채 고개를 갸웃거리던 이하의 눈이 트였다.

이하는 사스케를 보며 웃었다. 치요가 어째서 여길 왔을까?

그것만 생각하면 아주 간단하게 도출되는 답이 있었다.

"아, 근데 마탄의 사수를 데리고 있으면서 나한테 그걸 묻는 걸 보니까…… 《마탄》으로는 마왕을 죽일 수 없나 보네?"

"뭐?"

마침내 사스케의 얼굴에 틈이 생겼다.

이하는 여세를 몰았다.

"아니, 그렇잖아. 마탄으로 마왕을 죽일 수 있었다면 당연히 이런 짓을 안 하겠지. 게다가 마탄의 사수 관련된 정보를 얻으려고 날 지목한 거 아냐? 허허, 이거야 원. 내가 마탄의 사수가 딱! 되어서 마왕한테 한 발 콱! 쏘려고 했는데…… 이거, 치요 선생님 덕분에 그럴 일이 없어졌습니다그래. 고맙구만, 고마워. 낄낄."

이하의 과장된 웃음소리를 들으며, 마침내 〈신성 연합〉의 두뇌들이 깨어났다.

'그래, 치요가 여기까지 왔다는 의미 자체가—.'

'마탄이 통하지 않는다는 뜻이야. 적어도 치요는 마탄의 사수의 입을 통해서든, 마왕의 입을 통해서든 해당 사항을 '확실하게' 들었던 거야. 그래서 그 불안감을 이기지 못하고 우리에

게 접근을— 하지만 이상한데?'

'분명— 분명 아흘로는…… 마를 제압할 수 있는 것은 마밖에 없다고 했는데! 마탄으로 마왕을 죽일 수 없다고?'

깨어난 것은 라르크, 람화연, 신나라뿐만이 아니었다.

마탄의 사수에 대해 알고 있는 키드와 루거도 새로운 관점을 떠올렸다.

'우리가 생각하는 마탄이 아니라는 의미입니까.'

'시발.'

지금까지 마탄의 사수가 모든 것을 해결하는 키워드라고 여기고 있었건만, 어째서 일이 이렇게 흘러가게 된 걸까.

다섯 사람은 동요했다. 그러나 사스케=치요는 그들의 동요를 알아차리지 못했다. 그는 오직 이하만 바라보고 있었으니까.

동시에 다섯 사람은 생각했다.

하이하가 이런 생각을 못 했을 리 없다.

그런데 사스케의 눈앞에 있으면서 아무런 동요도 보이지 않는다는 뜻인가.

부르르 떨던 사스케는 겨우 입을 열고자 했다.

"너—."

"꺼져, 치요. 우린 너한테서 듣고 싶은 거 하나도 없어. 정보를 미끼로 살랑살랑 흔들어 대면 내가 물 줄 알았나?"

그러나 이하가 한발 빨랐다. 이하는 거리낌 없이 돌아섰다.

동요를 보이지 않았던 그 태도, 마탄이 통하든 말든 상관이 없다는 배짱을 보인 태도.

"하지만! 반드시 나에게서 듣고자 하는 게 있을 거다! 교황은 마왕의 이름을 알고 있었지!? 그 마왕에 대해서 듣고 싶은 게 분명히 있을 거야! 그리고……."

"없으니까 그냥 꺼지라고요. 뭐, 어차피 사스케는 우리가 처리—."

그것이 치요의 마음을 급하게 만든 것만은 분명했다.

"기브리드가 간다."

그녀가 스스로 정보를 하나 더 제시했다는 게 그 방증이었다.

"음?"

"뭣?"

이번엔 유저들도 반응하지 않을 수 없었다.

거의 바닥에 처박히듯 제압당한 사스케는 고개를 비틀어 겨우 이하를 바라보며 입을 열었다.

"마왕의 조각들은, 푸른 수염은 이런 일이 다시는 일어나지 않길 바라고 있어. 그래서— 기브리드가, 마나 중계탑을 처리하러, 갈 거다. 아니, 정확히는 오염시키기 위해서—."

"그, 그걸 믿으라고?"

"크후후훗…… 겪어 봐. 그러면— 너도 반드시 날 찾게 될 테니까!"

"잠깐—."

"꺽."

사스케는 그대로 자신의 혀를 잘라 냈다.

미들 어스에서 자살이 가능하다는 생각에 이하는 섬뜩하여 그를 되살리려 했으나, 이미 잿빛으로 변하기 시작한 이상 손 쓸 방도는 없었다.

팔라딘들이 사스케의 사체를 처리하러 움직이는 와중에도, 교황의 알현실에선 거의 대화가 이루어지지 않았다.

이곳에 모여 있던 유저들 모두가 치요의 말에 대해 생각하고 있었기 때문이다.

마왕은 어떻게 처리할 수 있을까.

마왕의 이름까지 알려진 이상, 에즈웬에서만 알 수 있는 정보는 또 무엇이 있을까.

마탄의 사수로 마왕을 죽일 수 없다면, 아흘로의 말을 처음부터 다시 해석해 봐야 하는 게 아닐까.

모두의 생각은 마왕에게로 꽂혀 있었다.

한 사람, 람화연을 제외하고.

"다들 정신없는 거 알지만, 마나 중계탑부터 지켜야 해요."

멀리 있는 목표에 집중하는 것은 좋다.

그러나 눈앞의 일부터 처리해 나가지 않는다면, 먼 곳에는 결코 닿을 수 없다.

"아, 그렇지. 람화연 씨 말이 맞습니다. 마나 중계탑이 오염된다면— 아마도 마기로 오염시킨다는 표현 같습니다만—."

"우리는 신대륙으로 텔레포트할 수 없게 되죠. 그…… 기나긴 항해로만 신대륙에 갈 수 있습니다. 게다가 마기라는 표현상, 마왕의 조각들은 신대륙에서 구대륙으로 텔레포트를 할 수 있을 거라는 의미처럼 보이고요."

"킷킷, 어떤 해석이 되었든, 쉽게 말하자면— 신대륙은 당분간 끝장이라는 거겠죠."

"성하."

비예미의 뒤를 이어 에윈이 교황에게 무릎을 꿇었다.

교황은 고개를 끄덕였다.

"시기는 알 수 없습니다. 그러나 기브리드가 움직인다는 말을 거짓으로 하지는 않았을 터. 저는 이곳에서 여러분들이 목숨 걸고 입수한 정보의 해독에 힘을 쓸 테니……"

교황 또한 알현실에 모인 사람들을 향해 무릎을 꿇었다. 그는 공손히 두 손을 모았다.

"부디 에리카 대륙의 생명을 지켜 주시길."

분위기는 바뀌었다. 지금껏 공세 일변도를 펼쳤던 〈신성 연합〉은 이제 수세에 몰리게 되었다.

기브리드가 오는 걸 막을 수 있을까.

마왕의 조각을 상대할 수 있을까.

이하는 잠시 입술을 씹다 유저들에게 말했다.

"우선, 9명씩 4개 팀. 음, 그러니까 36명부터 추려야 해요. 그것도 우리가 역대 상대해 본 가장 강력한 몬스터를 상대할 만한 사람들로."

"무슨 뜻입니까."

"또 뭔 짓거리를 하려고 그러지?"

"권장 레벨 370짜리 인스턴스 던전을 클리어해야 하니까. 아참, 35명이면 되겠네. 한 자리는 프레아 씨의 몫이거든요."

유저들은 어안이 벙벙한 얼굴로 이하를 바라보았으나 이하는 그들에게 일일이 답하지 않았다.

기브리드가 온다.

그전에 준비를 마쳐야 한다. 오직 그 생각 하나뿐이었다.

이하는 초췌한 눈으로 미들 어스 접속기에서 빠져나왔다. 팔에 힘이 제대로 안 들어간다는 생각이 들 정도로 오랜 접속 시간이었다.

"무식한 인간들……. 아주 뽕을 빼라, 뽕을 빼."

후들거리는 다리로 겨우 몸을 지탱하며 일어서 기지개를 켜는 동안에도 이하는 투덜거리는 걸 멈추지 않았다.

권장 레벨 370짜리 인스턴스 던젼은 몇 번이나 갈 수 있는 게 아니다.

남은 기회는 고작 네 번뿐이며 한 번에 갈 수 있는 인원은 이하를 포함하여 10명밖에 되지 않는다.

36명의 엄선된 인원에게 초월적 존재에 대한 저항력을 부여한 후, 기브리드가 혹여 마왕과 함께 움직일 때를 대비하기 위한 작전을 짜고자 했던 게 이하의 생각이었다.

　물론, 권장 레벨 370에 달하는 인스턴스 던전 입장 기회를 받는 유저들이 그렇게 생각할 리 없었다.

　"왜 바로바로 클리어해야 하지? 거기서 15일간 있을 수 있다면— 최대한 많은 사냥으로 레벨 업을 해야 하는 게 당연한 거 아닌가?"

　"킷킷, 100마리에게 노출 시 실패라지만— 바꿔 말하면 한 마리씩 풀링Pulling해서 걸리지 않도록 하면 될 것 같은데."

　"기둥의 파괴에 대해서는 충분한 아이템 정비만 있어도 될 겁니다. 화약이라면 시티 가즈아에 이미 많지 않습니까."

　"하, 하이하 님! 이번에는 저도 데려가 주시는 거죠!? 거기서 연구할 거리는— 15일로는 턱없이 부족할 거라고요!"

　"나는. 괜찮아. 그러니. 아르젠마트."

　최대한 많은 것을 뽑아내야 한다.

　말라 버린 오징어에서도 즙을 짜낼 정도로 미들 어스에 닳고 닳은 유저들이 15일이라는 기한을 대충 보낼 리가 없는 것이다.

　"이지원, 너도 갈 건가. 지금도 입을 다물고 있군."

　"당근 감. 370이면 심연보다 낮음."

　"으, 음?"

하물며 이지원의 답변을 통해 유저들은 해당 인스턴스 던전에서 충분한 팀 플레이로 버텨 낼 수 있다는 단서까지 들은 바 있다.

랭킹 2위 홀로 370레벨 이상의 몬스터를 처치했다.

이미 정평 난 '피지컬'과 '미들 어스 이해도' 덕분에 가능한 것이겠지만, 그보다 조금 부족할지라도 10명이 힘을 합하면 충분히 그 이상의 위력은 낼 수 있다는 게 그들의 판단이었다.

"그렇다고 진짜 15일을 꽉 채우냐, 미치광이들 같으니…… 그것도 두 팀 연속으로—!"

이하는 울분을 터뜨렸다.

만약 미들 어스 접속기가 아무런 회복 효과도 없었다면, 말 그대로 현실의 6일 밤낮 동안 눈 한 번 제대로 못 붙인 셈이 되었으리라.

그러고도 이하에게 주어진 건 고작 하루의 휴식이었다.

24시간 후, 다시 한 번 '두 팀 연속'으로 인스턴스 던전을 헤쳐 나가야 할 것이다.

'배도 안 고프고…… 자자.'

침대에 덜컥 누워 버린 이하에게 생각나는 건 역시나 프레아였다.

다른 유저들도 고대의 괴물들, 크툴루에게 감염된 변이 생명체와 싸우며 각종 업적이나 스킬 등을 획득했다고 했으나, 프레아만 한 수혜자는 없었다.

'하지만 진짜로 정령왕을 소환해 낼 줄이야. 하다못해 구석이라도 가서 할 줄 알았는데…….'

프레아와 함께 들어갔던 7명의 유저와 한 기의 드래곤조차도 놀랄 만한 일이었다.

그녀는 인스턴스 던전에 접속하여 르뤼에의 첫 번째 기둥에 도착하자마자 정령왕을 불러냈던 것이다.

모두가 보는 앞에서, 아무런 거리낌도 없이 불러냈던 건 바람의 정령 여왕, 실피드였다.

'심지어 생각을 해서 불러낸 거였어. 인스턴스 던전은 일종의 '가상 공간' 취급이다. 정령계의 열쇠는 정령들의 새로운 진화 가능성을 입증해야만 받을 수 있기 때문에─.'

그녀는 바람의 정령 여왕을 불러낸 것이다.

이하에게조차 특별히 말하진 않았으나, 실피드와 프레아의 대화를 들으며 이하는 감을 잡을 수 있었다.

'우주에서 다가온 생명체니까…… 일반적인 바람은 닿을 수 없지만 당신께서는 그곳에 닿을 수 있을 것이다.'

생략된 말이 무엇인가.

[다른 정령들은 닿지 못하더라도]라고 볼 수 있지 않은가.

'만약 그렇다면 다른 정령왕들도 불러낼 수는 있지만, 환경 때문에 바람의 정령 여왕을 불러냈다는 식의 해석이 가능하지. 도대체 어디까지 계약했을까.'

혹시 기본적인 4대 원소 정령은 모두 정령왕급의 계약을 마친 건 아닐까?

적어도 실피드와의 친밀도 또한 높아 보였으니 크게 틀린 말은 아닐 것이다.

아무리 낮게 잡아도 2개, 높게 잡으면 4개 원소 모두 '정복' 했을 가능성이 있다.

'그리고 이제는……'

더 나아갈지도 모른다.

실피드는 프레아의 말을 인정했고 바람의 정령이 새롭게 나아갈 길을 모색하게 만들어 준 대가로 〈정령계의 열쇠〉를 그녀에게 주었으니까.

다른 유저들은 프레아가 받았을 감동과 기쁨을 정확하게는 알 수 없지만, 적어도 어느 정도는 유추해 볼 수 있었을 것이다.

이하는 볼을 만지며 피식 웃었다.

'그 와중에 볼에 뽀뽀를…… 화연이가 있었으면 난 죽었을지도.'

프레아가 〈정령계의 열쇠〉를 가방에 꼭꼭 넣자마자 이하에게 달려와 이하의 볼에 키스를 퍼부었기 때문이다.

헤벌쭉 웃던 이하는 황급히 표정을 바로 했다. 어쨌든 〈신성 연합〉은 적잖은 대비를 하고 있는 중이다.

초기 2팀에 포함되지 않은 유저들은 인터넷 커뮤니티에 '기브리드의 신대륙 서부 침공'에 대한 글을 쓰며 유저들의 참여를 독려했고, 에즈웬의 교황 또한 마왕이 깨어났으며 그것을 막기 위해 로페 대륙 각국의 총력을 더해야 한다는 선언까지 한 상태였으니까.

'하지만…… 적들도 만만치 않겠지.'

치요가 찾아온 이래 미들 어스 시간으로 30일이 지난 셈이다.

기브리드가 움직이지 않고 있던 30일. 그사이 교황은 에얼 쾨니히와 마왕의 조각에 관한 정보를 어느 정도 추출하는 데 성공했다.

물론 〈신성 연합〉에 기쁘기만 한 소식들은 아니었다.

교황은 전에 없이 초췌한 얼굴이었다. 그러나 그 옆에 있는 베르나르에 비하면 훨씬 낫다고 할 수 있었다.

베르나르와 베르나르의 곁에 있는 에즈웬 교국의 사제, 베르나르가 자신의 연구 때마다 대동했던 NPC들은 얼굴색마저 변해 있었다.

"마왕의 조각들은 마왕을 부활시키며 상당히 많은 힘이 빠졌을 겁니다. 아마도 자체적으로는 회복이 불가능할 정도일 겁니다."

"좋았쓰! 그럼 하이하 자식만 들어오면 되는 건가? 마왕이 나와도 이제 예전처럼 얼어붙지 않을 테니, 거기서 마왕의 조각들부터 처리하면—."

"그러나 마왕이 있음으로 인하여, 그들의 마기가 다시 재충전될 수도 있다고 보입니다."

새로 얻은 능력 때문에 흥분하던 루거의 표정이 급속히 얼었다.

교황은 자신도 믿기 싫다는 듯 한숨을 내쉬었다.

루거의 곁에 있던 키드도 모자를 들어 올리며 교황의 얼굴을 다시 한 번 확인할 정도였다.

"그럼 결국 마왕만 추가되는 형태라는 말씀입니까. 에얼쾨니히만으로도 상대하기가 버거울 텐데, 마왕의 조각들까지 원래의 힘을 되찾는다면 〈신성 연합〉에 미래는 없습니다."

"하지만 당장은 아닐 겁니다. 그, 그것에 대해서는 제가 좀 조사해 봤습니다만, 우선 에즈웬에 존재하는 모든 경전과 모든 논문을 찾아본 결과, 에얼쾨니히의 특성에 대해 간추려 볼 수 있었는데, 그러니까— 가장 큰 특징은 '즉발성'이었습니다."

"즉발성?"

"알아듣게 말해라."

베르나르는 움찔거렸으나 서류 뭉치를 쥐고 있는 그의 손은 떨리지 않았다. 에즈웬 교국에 대한 연구라면 역시나 미들어스 1인자다운 태도였다.

"적어도 주신께서 마를 상대할 때, 주신을 따르는 천사들이 가장 고전했던 무기이자 공격이 에얼쾨니히라고 보입니다. 그것이 '마왕'이라는 생명체로 나타난 것이라면 성향 또한 신중한 편이 아닐 터. 그런데 아직 움직이지 않는 이유는—."

"중간에 방해가 있었기 때문에…… 완전 부활이 아니기 때문에?"

"그, 그렇다고 볼 수 있습니다."

"그거라면 치요가 서둘러 왔던 이유도 납득이 가죠. 마왕이 아직 본격적으로 활동할 수 없다고 판단해서, 그사이에 마왕을 죽일 방법을 찾기 위해 난리를 쳤을 수도?"

신나라와 라르크는 고개를 끄덕였다. 결국 치요가 움직인 이유뿐만 아니라 그 시기에 대한 해석도 가능해진다.

1. 마왕의 조각은 약화되었지만 마왕에 의해 다시금 강해질 수 있다.
2. 마왕은 현재 자유롭게 움직일 수 없는 상태일 확률이 높다.

"결국 마왕이 자유롭게 힘을 쓸 수 없는 지금은, 마왕의 조각들이 다시금 강해지지 않는다는 의미겠죠?"

"우선은— 이론상으론 그렇습니다……. 그리고 아마도 에얼쾨니히는 빠른 시일 내에 움직일 수 없을 겁니다. 이미 치요가 기브리드에 대해 알고 있을 정도로, 마나 중계탑 공작에 대한 논의는 진작 이루어졌을 테니까요."

"그렇겠죠. 푸른 수염은 '위협을 없애기 위해' 마나 중계탑을 오염 또는 파괴한다고 했고, 당연히 그 위협이란—."

"아직 정상화가 되지 못한 마왕을 보호하기 위해서입니다."

3. 푸른 수염은 그러한 마왕을 보호하기 위해 마나 중계탑을 오염 또는 파괴하고자 한다.

즉, 마나 중계탑 공작 건은 치요가 들고 왔을 정도로 '오래된' 이야기라는 의미다.

그럼에도 아직 기브리드의 서진西進 징후가 보이지 않은 이유는?

모여 있는 유저들은 굳이 말하지 않아도 공통된 의문을 가졌다. 그 지점에서 베르나르의 얼굴이 조금 더 초췌해졌다.

"겨, 결국 기브리드는 확실히 하고자 하는 겁니다. 약해진 자신을 대신 할 만한 병력을…… 완벽히 채워서 말입니다."

기브리드가 움직이지 않는 이유는 키메라를 생성하고 있기 때문이리라.

그 시간이 길어질수록 이번 침공 준비에 공을 기울이고 있다는 의미였으니, 현재까지 30일, 앞으로 얼마가 될지 모르는 여유가 있어 다행이라는 생각과 동시에 걱정이 들 수밖에 없는 것이다.

"빌어먹을. 산 넘어 산인가."

"기회라고 생각하는 게 좋을 겁니다."

루거의 투덜거리는 말을 들으며 키드가 말했다. 그러나 키드는 루거에게만 말하는 게 아니었다.

그는 교황의 이야기를 직접 들으러 올 수 있는 수준의 유저들, 그들 하나하나를 바라보고 있었다.

"기회라뇨?"

"치요의 정보가 사실이라면 이번에 상대할 자는 기브리드, 단 하나뿐입니다. 그것도…… 마나 중계탑을 노리는 기브리드입니다. 마나 중계탑이 '어디에' 있는지 생각하면 쉬울 겁니다."

마나 중계탑은 말 그대로 로페 대륙과 에리카 대륙의 마나 신호를 이어 주는 설비다.

로페 대륙의 동부에 하나.

여명의 바다 중앙, '부표'라는 인공 섬에 하나.

그리고?

에리카 대륙의 서부 끝, 즈마 시티 인근에 또 하나가 있다.

기브리드가 노려야 하는 장소는 결국 어디인가.

"……끌어들이자?"

키드의 말을 가장 먼저 이해한 건 역시나 라르크였다.

키드가 고개를 끄덕이자 신나라가 말했다.

"자, 잠깐! 너무 위험해요! 즈마 시티 인근까지 기브리드를 끌어들였다가 실패라도 하면! 하물며 아직 치요의 말은 믿을 수 없잖아요? 피로트-코크리나 푸른 수염까지 왔을 때 우리는……."

"그건 그거 나름대로 대비할 수 있어요."

큰 리스크에 대한 관리는 어떻게 할 것인가. 그 부분에 대해 답하는 건 물론 람화연이었다.

신나라는 물론이고 라르크조차 동그랗게 된 눈으로 그녀를 보았다.

"대비요?"

"저도 키드와 라르크 씨의 의견에는 찬성이지만— 기왕이면 조금 더 리스크 매니지먼트를 하자는 거죠. 신대륙 중앙부에서부터, 즈마 시티까지. 천천히……."

'빨치산' 팔레오들을 관리하고, 또한 퓌비엘 왕국 5개 도시를 수중에 넣은 화홍의 길드 마스터이자 글로벌 그룹 람롱의 신사업 개척 본부장인 그녀만이 할 수 있는 일이 있다.

이하가 잠에서 깨어나지도 않은 시점에서, 이미 그녀는 준비에 들어갔다.

Geschoss 4.

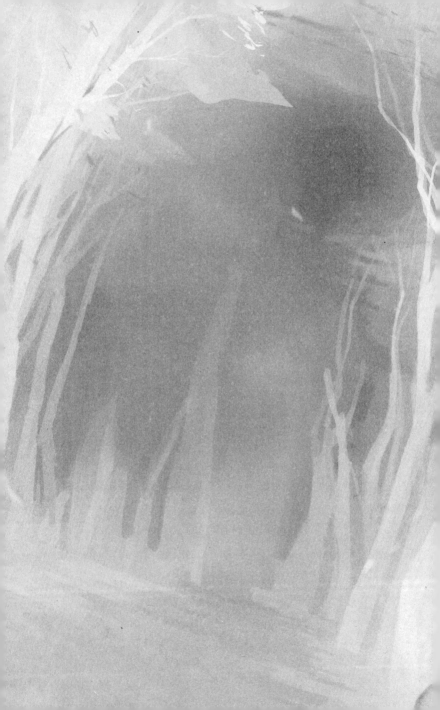

"오늘 안에 이곳 외의 경계탑 다섯 군데를 더 마무리해야합니다. 물자는 충분하니 조금만 더 서둘러 주십시오!"

헬름을 안전모처럼 대충 올려 쓴 남성이 소리쳤다.

특별히 그의 말에 반응하는 자는 없었으나, 이곳에서 일하고 있는 모두가 그 중요성은 인지한 상태였다.

"자청, 진행률은요?"

남성의 곁에서 람화연이 물었다.

신대륙 중앙부에서 조금 더 서쪽에 위치한 장소, 오염된 세계수의 숲보다 뒤에 위치한 이곳은 〈신성 연합〉이 새롭게 설정한 방어선 중 한 곳이었다.

"예상 공정률 대비 약 3% 포인트 더 앞섭니다."

이곳의 건설 지휘를 맡은 자청은 자랑스럽게 말했으나 람화연의 표정은 펴지지 않았다.

"여기 말고 즈마 시티 인근에도 성벽을 세우세요. 그리고— 모든 경계탑과 성벽에 각 경계탑끼리 이동 가능한 스크롤 구비하는 거 잊지 말고. 아셨죠?"

"물론입니다, 본부장님."

기브리드를 즈마 시티 인근까지 끌어들이자는 계획은 분명 좋았다.

그러나 신대륙 중앙에서부터 서부 끝에 있는 즈마 시티까지 '고속도로'를 뚫어 줄 수는 없는 노릇이다.

람화연의 계획은 신대륙 중앙보다 서쪽으로 후퇴하는 지역 곳곳에 경계탑과 토성을 쌓아 기브리드—키메라의 진격을 막자는 것이었다.

"적의 목표가 마나 중계탑이라는 게 확실하다면— 어차피 이런 경계탑과 성벽은 오래 못 써먹을 테니까요."

물론 그나마도 오래가지 않을 거라는 걸 알고 있었다.

텔레포트가 가능한 이상, 기브리드는 분명히 즈마 시티 인근으로 갈 것이다.

하지만 키메라들은 어떻게 움직일까.

일반적인 스킬을 사용하지 않는다는 건 그동안의 전투를 통해 알고 있는 사실이었다.

'결국 기브리드를 즈마 시티까지 유인하자는 작전에서 가장 중요한 건…… 기브리드를 동떨어지게 만드는 거다.'

기브리드와 키메라가 함께 있을 때에는 상대하기 쉽지 않다.

가능성이 있다면 역시 키메라들을 따로 떼 낸 후, 기브리드 한 기만을 상대하는 것!

'당연히 기브리드 한 기만 남지는 않겠지. 몇몇의 키메라가 함께하겠지만, 기브리드를 분간조차 할 수 없을 정도로 많은 키메라를 함께 대동시켜서는 안 돼. 즉, 1차는 신대륙 동부로의 요격, 요격 실패 시 즉시 후퇴하여 각 개별 방어선에서 막아 내면 승산이 있을지도.'

키메라들의 예상 진격로를 따라 몇 개의 토성을 쌓는다. 임시 토성과 경계탑이지만, 키메라들의 발을 묶기에는 충분할 것이다.

물론 키메라들의 진격을 늦추다 보면 기브리드가 돌발 행동을 할 가능성이나 피로트-코크리, 푸른 수염의 참전 가능성도 있으므로 그에 따른 대비도 해야만 했다.

"부표 쪽은……."

"내가 직접 챙기고 있어요. '부표'에는 각국의 수도 방위 기사단에서 30명씩 차출해서 상시 경계 중이고, 위급 시 스크롤 한 번 찢는 것으로 길드 별초를 비롯하여 몇백 명의 유저들이 그곳으로 달려갈 수 있을 거예요."

즈마 시티의 마나 중계탑이 아니라 부표의 마나 중계탑을 노릴지도 모른다는 것.

샤즈라시안까지 참여하여 도합 120명의 수도 방위 기사단급 NPC를 미리 배치해 두었다.

과거의 기브리드라면 아무리 일시적 방비라도 이 정도의 수는 어림도 없을 것이다.

하지만 지금은?

'어떤 상황이 되어도 버틸 수 있어. 적어도 유저들이 스크롤을 찢을 시간 이상은 충분히 벌어 줄 거야.'

기브리드가 직접 부표로 가거나.

기브리드는 키메라를 이끌고 천천히 즈마 시티로 가는 와중, 피로트-코크리 또는 푸른 수염이 부표로 가거나.

또는 기브리드와 푸른 수염 또는 피로트-코크리가 부표로 가거나.

여러 가지 상황을 그려 볼 수 있지만 그 어떤 경우에도 마왕의 조각은 셋이 함께 움직이지 않는다는 게 람화연의 결론이었다.

'마왕이 본격적으로 활동하기 전까진 그럴 리 없어. 적어도 하나는 반드시 마왕을 지켜야 할 테니까. 그렇다면 기브리드를 제외하고 움직일 수 있는 건 둘 중 하나.'

그 정도라면 괜찮다.

과거였다면 어림도 없겠지만 현재는 마왕의 조각들이 약화되어 있다는 걸 교황의 입을 통해 들었으니까.

람화연은 몸을 부르르 떨었다. 그녀는 멀리 신대륙 동부를 바라보며 미소 지었다.

'치요…… 당신 아주 사람 허술하게 봤어.'

람화연도 치요에 대해서라면 이를 갈기에 충분하다.

그녀는 순수하게 그녀만의 능력으로 치요와 겨뤄 본 적이 없다.

애당초 전투에 특화된 유저도 아니었고 대체로 행정이나 운영과 관련된 일만 해 왔기 때문이다.

극히 제한된 정보를 가공하고 조합하여 치요를 상대해 온 게 그녀가 했던 일의 전부일 뿐이다.

'감히 내 앞에서 정보를 흘려?'

그러나 이번은 아니다.

그간 치요 쪽으로 많이 내려앉아 있던 정보의 비대칭 '시소'는 람화연 쪽으로 넘어온 셈이다.

마왕 에얼쾨니히의 현재 상태에서부터 시작한 그녀의 사고 흐름과 평소와 달리 '조급한 행동'을 보인 치요와 푸른 수염, 그리고 단독 행동을 예고한 기브리드까지.

치요의 상황이 어떠한지 충분히 추측이 가능하다.

자신이 처한 상황마저도 함정으로 삼아 마왕군에 빌붙을 가능성에 대해서도 생각해 보았으나, 람화연은 절대 그럴 리 없다고 이미 확언할 수 있는 상태였다.

'마탄의 사수에 대한 집착…… 하이하의 집으로 인력을 '파견' 보낼 정도의 힘. 이제 와서 마왕군의 밑으로 들어갈 리가

없어. 마왕군의 세력이 강해진다는 건 곧—.'

치요 자신의 파멸을 의미할 테니까.

〈제3세력〉에게 필요한 게 균형 감각이라는 걸 람화연은 아주 잘 알고 있었다.

'전투에서의 전략만이 머리 쓰는 일의 전부가 아니지. 야쿠자 밑에서 개싸움은 많이 배웠겠지만…… 큰 그림을 보는 건 어때?'

람화연 정도의 수완가에게 그런 것은 아무런 문제도 되지 않았다.

그녀가 내린 결론은 결국 하나.

'마왕이 깨어나기 전에…….'

기브리드를 죽인다.

'너희가 공격해 오는 거라고 생각하겠지. 와라, 우리 쪽 패도 만만치 않을 테니까.'

수세守勢이지만 수동적으로 행동해선 안 된다.

최대한 적극적으로, 마왕의 조각들이 개별 활동을 하고자 하는 이때 성과를 내야만 한다.

〈신성 연합〉과 마왕군은 만전을 기하는 중이었다.

유일하게 아무것도 얻지 못하고 가슴만 졸이는 것은 의외로 치요 측이었다.

평소의 치요답지 않게 손톱을 간간히 물어뜯으며, 그녀는 마왕군의 본진에서 조금 떨어져 있었다.

마음 같아선 카일에게 당장이라도 묻고 싶었다.

마왕을 죽일 수 있냐, 저것들을 상대할 힘이 있냐.

그러나 카일에게 그런 모습을 보였다간, 통제력을 잃을 수 있으므로 치요는 함부로 그런 선택을 할 수 없었다. 그녀가 할 수 있는 일은 주어진 상황을 기반으로 최대한 머리를 쥐어짜는 것뿐이다.

'제기랄, 마왕의 조각들까지는 분명 제압할 수 있는 게 맞아. 하지만 어째서…….'

그녀는 마왕의 조각 위에 떠 있는 붉은 구슬을 보았다.

불규칙적으로 붉은 구슬에서 빛이 번쩍거리긴 했으나, 대체로 아무런 반응이 없는 경우가 많았다.

'저런 상태일 때도 마탄으로 죽일 수 없는 건가?'

치요는 카일의 눈치를 보았다.

카일은 여전히 여유로운 표정으로 있을 뿐, 최근 한 달간은 마왕의 조각과도 부딪치지 않고 지냈다.

치요에게는 그 점이 마음에 들지 않았다.

〈제3세력〉을 자처하며 마왕군에게도 언제든 적이 될 수 있는 치요와 카일이 어째서 마왕군 본진 한복판에 멀쩡히 있을 수 있는가.

너무나 뛰어난 AI들은 이미 모든 계산을 마치고 있다는 의

미였기 때문이다.

'마왕의 조각들이 나와 카일에게 함부로 하지 않는 이유는…… 역시나 마탄의 가능성 때문이야. 마왕에게는 통하지 않는다지만 마왕의 조각, 자신들에게는 통한다는 걸 알고 있으니까.'

그러나 마왕의 조각들은 마탄이 몇 발이나 남았는지 모르고 있다.

즉, 자신들에게 언제든 마탄이 발포될 가능성이 있는 이상, 그들은 함부로 카일을 건드릴 수 없는 것이다.

'카일도 마찬가지. 마탄이 여유롭지 않아.'

현재까지 사용한 마탄은 세 발이다.

네 발이 남았으나 마지막 발은 사용할 수 없는 마탄이라는 것을 치요도 알고 있다.

즉, 치요와 카일이 유용할 수 있는 것은 고작 세 발이다.

'그리고…… 마왕의 조각도 셋이지.'

결국 카일이 마탄으로 마왕의 조각을 모두 제압하려고 한다면, 더 이상 여유가 없게 된다는 뜻이지 않은가.

카일도 그러한 점을 알고 있었으므로 '당장'의 시점에서 마왕의 조각들과 특별히 부딪치지 않고 있는 것이리라.

'결국 방법이라면— 〈신성 연합〉에서 마왕의 조각들을 줄여 주는 수밖에 없어. 그리고 나는 그사이…….'

카일을 꼬드기든 〈신성 연합〉을 꾀어내든 마왕을 죽일 방법을 찾아내야 한다.

최근 한 달간 치요가 이들과 함께하며 느낀 것이라면, 자미엘도 마왕과 별다른 소속감이나 동질감을 느끼지 않는다는 점이었다.

'같은 마 계통이라 한 편으로 되어 버리진 않을까 싶었는데, 다행이야. 생각할 수 있는 건 역시 경쟁 상대?'

치요는 고대의 미들 어스에 다녀오지 못했다.

따라서 과거의 마가 마의 파편을 만든 이후, 마의 파편들은 상호 경쟁적인 활약을 펼치며 심지어 하나의 마의 파편이 또 다른 마의 파편을 흡수한 일이 있었음을 알 수 없다.

즉, 그들도 서로가 서로의 힘을 원하기만 할 뿐, 협력하거나 돕는 개체로 설정된 게 아니라는 의미!

그녀는 특유의 눈치와 계산으로 어느 정도 결론을 도출해 낸 상태였다.

'칫, 믿을 거라곤 고작…….'

물론 정보를 다루는 그녀의 입장에서는 턱없이 조촐하고 부족한 기반으로 느껴질 따름이다.

100% 확신할 수 없는 정보로 코딱지만큼의 안도감을 느끼고 있는 사이, 마왕의 조각들은 물 만난 고기처럼 활개치고 있었으니까.

"기브리드, 준비는 언제까지 될 것 같나."

푸른 수염은 붉은 구슬의 근처에 있는 새카만 덩어리에게 말을 걸었다. 그 와중에도 새카만 덩어리에선 무언가가 불쑥 뛰어나왔다.

끈적한 점액질을 온몸에 뒤집어쓴, 차마 그 형태를 말하기도 어려운 생명체들. 치요는 그것을 보며 인상을 찌푸렸다.

[에얼쾨니히 님 덕분에 속도는 훨씬 빨라졌다.]

새카만 덩어리가 꾸물거리며 말하는 것에는 익숙해졌다지만, 역겨운 것들을 한데 모아 뭉쳐 놓고, 그곳에 눈이나 입, 코 등을 마구잡이로 박아 넣은 외형은 아무리 봐도 익숙해지기 어려웠기 때문이다.

물론 푸른 수염은 만족스런 얼굴로 새카만 덩어리를 툭 치며 격려하고 있었다.

"끌끌, 그건 나도 봐서 알고 있어. 이번 일은 자네에게 전부 맡기겠지만, 얼마나 더 준비를 해야 하는지 궁금해서 그러네."

[나는 이곳에서 모든 인간을 몰아낼 것이다.]

"아직 조금의 시간이 더 필요하다는 건가."

"끼히히힛! 그럼 내가 할게! 나 시켜 주면 되잖아, 레 할아버지!?"

푸른 수염이 아쉬워하자 피로트-코크리가 땅에서 불쑥 뛰어나오며 외쳤다. 레는 인상을 찌푸렸다.

그것은 치요도 마찬가지였다.

레는 피로트-코크리와 여전히 관계 회복이 덜 되었기 때문이고 치요는 피로트-코크리가 '들고 다니는' 것이 역겨웠기 때문이다.

"너는 조용히나 있어."

"왜에~? 내 덕분에 레 할아버지도 '먹히지 않고' 움직일 수 있는 거 아냐? 그리고 결국 우리가 승리한다면— 나중에 나한테— 아니, 이 녀석한테도 고마워해야 할 텐데? 끼히히 히힛!"

"끌끌, 그건 모든 일이 제대로 끝났을 때의 일이다. 만약 일이 틀어진다면— 글쎄, 에얼쾨니히 님이 네 녀석의 엉덩이라도 때리실지 모르겠군. 그리고 '그것'은— 영원한 죽음을 피할 수 없을 게다."

푸른 수염은 피로트-코크리가 마치 소품처럼 들고 다니는 것을 가리켰다.

'파우스트……'

시각, 청각은 물론 행동의 자유까지 모조리 빼앗긴 채, 구속 구에 묶인 파우스트는 여전히 자유로이 활동을 하지 못하는 상태였다.

틈틈이 로그아웃을 하긴 했다지만 무려 한 달이 넘는 시간 동안 그는 미들 어스에서 아무런 일도 하지 못하고 있었다.

'심지어 접속 시간도 상당히 길게 유지하고 있어.'

치요는 구속 구에 잡히기 전, 파우스트의 마지막 모습을 본 유일한 유저다. 그는 분명히 풍성한 기대감을 안고 행동했음이 틀림없다.

적어도 오늘까지 치요는 파우스트가 어떤 생각으로 플레이 했는지 알 수 없었다.

단순히 마왕군 통솔 주도권을 잃어 폭주했다고 보기엔 파 우스트라는 유저가 그리 호락호락하지 않기 때문이다.

피로트-코크리는 푸른 수염의 말에 잠시 움찔거렸으나 물 러서지 않았다.

"흐음~ 그럼 이거 풀어 줘도 되는 거지?"

"뭐?"

"에얼쾨니히 님께 맴매 맞는 건 엄청 아플 거거든! 그러니 까ㅡ! 맞지 않기 위해서라도ㅡ."

그녀는 웃고 있었다.

"ㅡ이 녀석에게 일을 시켜야 할 것 같은데."

그러곤 자신보다 체구가 큰 파우스트를 공중에 대롱대롱 띄워 올렸다.

치요는 그제야 파우스트의 의도를 알 수 있었다.

피로트-코크리는 결코 호의를 갖고 행동하는 마왕의 조 각이 아니다. 마왕의 조각 중에 가장 계산적이라고 할 수 있 는 그녀가 처음부터 파우스트를 보호할 때 수상하다고 생각 했건만!

'서, 설마ㅡ 피로트-코크리가 파우스트를 꾀어냈던 건가? 언제ㅡ 아니, 어떻게ㅡ 무슨 방법으로ㅡ 아!?'

파우스트가 들고 있던 뼈 지팡이.

모든 네크로맨서의 여왕이, 네크로맨서의 아이템에 어떤 장난을 쳐 놓지 않았을까.

마왕의 조각 간에도 나름대로의 알력 다툼이 있다는 걸 생각한다면, 결국 파우스트는 선택을 했다는 뜻이다.

푸른 수염의 종복에서…….

'피, 피로트-코크리의 아래로 들어간 거야!?'

소멸되기 싫었던 피로트-코크리가 일찌감치 파우스트를 위한 판을 깔아 놓고 있었던 것은 아닐까?

그리고 최종 선택에서 파우스트는 결국 피로트-코크리의 꾐에 넘어갔다?

무려 한 달이 넘는 시간 동안 저런 굴욕적이고, 반인륜적인 게임 플레이에 동의하는 것도 혹시…….

"좋아. 단, 그 녀석이 일어나거든— 나를 쳐다도 보지 말라고 전해라. 그놈의 비늘 하나하나를 몽땅 떼 내어 찢어 버리고 싶어질 테니까."

"끼히히히힛! 알았어, 알았어! 자, 놀 시간이야, 파우스트!"

이것에 대한 기대감이 있었던 것인가.

피로트-코크리는 파우스트에게 마기를 날렸다.

마치 미라처럼 온몸과 모든 감각 기관을 막아 놓고 있던 구속 구가 풀렸다.

그 순간 치요는 보았다.

구속 구가 풀린 '파우스트'에게서 영원히 새어 나올 것만 같은 광휘의 빛을.

'빛 때문에 잘 안 보이지만 외형도…….'

이전의 파우스트와는 다르다.

파우스트 스스로도 그것을 새롭게 다짐하는 듯 또는 그동안의 설움을 날리려는 듯, 소리쳤다.

"끄아아아아아아아—!"

마왕군 유저들이 뒷걸음질 치며 파우스트에게서 떨어지려할 정도로 무서운 기세가 담긴 포효였다.

약 30분가량이 지나고, 미들 어스 커뮤니티가 뒤집어졌다.

부우웅— 부우우우웅—.

"누가 귓속말— 아니, 문자를……."

이하는 몽롱한 눈으로 스마트폰을 집었다.

실눈으로 겨우 확인하는 메시지에는 기정의 호들갑이 고스란히 묻어나 있었다.

"음…… 엥?"

이하의 눈을 번쩍 뜨이게 할 만한 사건이 한두 개가 아니었다. 이하는 당장 기정에게 전화를 걸었다.

—형! 형!

"야이, 무슨 일이야? 뭐야? 랭킹이 어떻게 하루아침에 다

변했어?"

―그, 그니까! 지금 난리 났다니까! 보배 씨도 열 받아서 나라 씨랑 술 마신다고 나와서― 지금 나도 나갈 준비 중이긴 한데― 후와, 아마 형 때문인 것 같아. 프레아 씨가 그 〈정령계의 열쇠〉 얻으면서 랭킹 점프 해 버려 가지고! 근데 카렐린 님은 어떻게―.

"아니, 아니, 그건 중요하지 않고!"

이하는 기정의 말을 끊었다.

신나라는 프레아에게 랭킹을 역전당했고, 보배는 카렐린에게 랭킹을 역전당했다.

그것은 기정이 보낸 메시지 속 화면 캡처 사진으로도 알 수 있는 사실이었다.

두 여성은 그런 것으로 충분히 열이 받을 만했지만, 이하에게 중요한 건 그런 점이 아니었다.

랭킹 8위였던 신나라는 랭킹 9위의 프레아에게 역전을 당했다.

그렇다면 프레아 8위, 신나라 9위가 되어야 한다. 그러나 지금 프레아의 랭킹은 9위, 신나라의 랭킹은 10위였다.

이하의 잠이 달아난 건 10위 바깥에서부터 치고 올라온 유저, 그것도 한두 계단이 아니라 말도 안 되게 올라선 사람이 있었기 때문이다.

"왜 파우스트가 3위야!?"

랭킹 3위 파우스트.

이하가 잠들기 직전만 해도 3위 뻬프르, 4위 페이우, 5위 이고르, 6위 람화정 순이었다.

파우스트는 무려 11위에나 랭크되어 있던 유저가 아니었던가.

―그, 그거야 나도 모르지! 술 마신다고 하지만 나라 씨나 보배 씨도 그런 얘기할 겸 만나는 것 같아. 혜인 형님이랑도 우선 모인다고 했고⋯⋯. 형도 올래?

"가고는 싶지만, 지금 뭐가 넘어 가겠냐!? 나는 커뮤니티 좀 체크하고 바로 미들 어스 들어가야지. 다음 팀들 '인턴' 보내야 하니까. 아! 라르크 씨랑 화연이도 저 사실 알아? 별말 없었어?"

―으음, 심각한 얼굴로 고민하고 있던데― 모르겠어. 나한테는 특별히 말을 안 해 주더라고. 하여튼 잠깐 얼굴들이나 볼 겸 나가는 거니까! 나도 금방 접속할 거야. 이따 봐, 형!

기정은 이하를 깨우는 게 목적이었다는 듯 금세 통화를 종료했다.

어두워친 화면의 스마트폰을 여전히 귀에 댄 채, 이하는 잠시 정신을 가누지 못했다.

'랭킹 3위라니. 내가 겪은 일보다 더 이상해. 이게 가능한 일인가?'

랭크 밖에 있던 자신이 하루아침에 30위 이내로 랭크-인 하는 일도 말이 안 되는 수준이었다.

커뮤니티가 뒤집어질 정도였으나, 그간 이하의 활약이 와 이튜브 등을 통해 상당히 중계되었으므로 유저들 사이에서는 부러움과 경외심을 불러일으키는 수준이 전부였다.

즉, 말도 안 되는 실력 덕분에 말도 안 되는 일을 해냈다! 하는 여론이 형성될 수 있었다는 의미다.

그러나 이하가 해낸 일과 지금 파우스트의 랭크 변동은 아 예 차원이 다른 이야기다.

랭킹 10위권에서 5계단 이상을 뛰어오른 유저는 미들 어스 의 랭킹 시스템이 자리 잡은 이후 한 번도 이루어진 적 없는 일이다.

하물며 그 대상이 파우스트라면?

'마왕군 소속으로…… 특별히 활동도 하지 않았어. 최근에 는 아무런 일도 없었다. 그런데 이렇게 뜬금없는 시점에 갑 자기—.'

순간, 이하의 머릿속에 무언가가 스쳐 지나갔다.

이하가 인스턴스 던전에 유저들을 인도하는 '최근'에는 확 실히 활약할 일이 없었다.

폭풍 전야라고 할 정도로 고요한 긴장감만이 양측에 흘렀 으니까.

그러나 시점을 조금 앞당겨 본다면?

아무런 일도 없었다고?

미들 어스를 가장 크게 뒤흔든 사건, 아직도 커뮤니티에서 가장 활발한 주제로 토론되는 일이 있었지 않았나!

〈신성 연합〉이 아직 도착하지 않은 시점에서 〈신성 연합〉이 해야 할 일이 갑자기 터져 버린 이유.

그리고 업적 등에 의한 스탯 포인트나 스킬이 아니라, 뜬금없이 파우스트의 레벨이 폭업해 버린 이유.

'이해할 수 없는 일'과 '이해할 수 없는 일'이 동시에 터진다면, 그 두 가지를 결합해서 봐야만 한다.

"……설마. 파우스트가—."

마왕의 조각을 건드린 것은 아닐까.

이하의 머릿속에서 퍼즐이 맞춰지기 시작했을 때, 라르크와 람화연의 머릿속에서도 그림이 그려지고 있었다.

"그렇게 보는 게 가장 타당하겠죠."

"……결론적으로는 받아들일 수 있지만…… 파우스트가 왜 그랬을지 의문은 생기는군요."

"삐뜨르에게 죽었으니까."

람화연은 간략하게 답했다.

라르크는 잠시 움찔거렸으나 그녀에게 다시 묻지는 않았다.

굳이 설명을 요구하지 않아도, 람화연의 대답 속에서 라르크는 사고의 확장을 충분히 하고 있었다.

삐뜨르에게 죽은 이후 모든 게 틀어져 버린 마왕군 내의 세력 구도.

완전히 밀린 데다 치요까지 끼어들어 발언권조차 없어진 그에게 선택할 것은 결국 '직접 마왕의 조각을 건드린다.'는 길 하나밖에 없지 않았을까.

그들과 만나기 위해 접속했던 이하도 인상을 찌푸린 채였다.

"하지만 그것만으론 추론이 부족해."

"뭐가?"

"푸른 수염이 마왕에게 얼마나 집착하는지는 우리 모두가 알고 있었잖아? 우리를 일부러 〈천국으로 가는 계단〉의 문을 열게 놔줬지. 그 안에서 주신 아홀로를 만날 수 있다는 걸 어렴풋이 알고 있었을 텐데도 그랬어. 마음만 먹으면 그 전에 라퓨타로 가는 그룹을 몰살시켜 버릴 수 있었다고."

"저도 하이하 씨의 저 의견에는 동의합니다. 진짜— 죽을 뻔했으니까. 피로트-코크리가 장난처럼 끼어든 것만으로도 피똥 쌌다고요."

푸른 수염이 그러한 일을 했던 건 모두 '마왕'을 깨우기 위함이었다.

마왕에 대한 푸른 수염의 집착을 파우스트가 모를 리 없다.

그렇다면 푸른 수염과 주종 관계를 맺은 파우스트가 함부로 움직여서는 안 되는 것이 아닌가?

그런데 파우스트는 도리어 이번 일에 대한 보상으로 몇 개나 되는 레벨이 올랐다.

거기까지 세 사람의 생각이 닿았을 때, 떠올릴 수 있는 경우의 수는 딱 하나밖에 없었다.

"푸른 수염을 배신한 거야."

"동시에—."

"다른 쪽에 붙었다. 푸른 수염에게서 자신을 보호해 줄 수 있을 정도의 실력자여야 하고, 동시에 레벨을 몇 개나 올리는 미들 어스의 시스템을 파괴할 정도로 강력한 존재. 결국, 같은 급의 마왕의 조각—."

"피로트-코크리."

치요는 분명 기브리드가 움직일 것이라고 말했다.

그러나 파우스트의 폭업과 배신, 그것이 마왕군에 어떤 영향을 가져올 것인가?

라르크와 람화연은 모두 낭패라는 얼굴이었다.

라르크는 〈신성 연합〉의 방어선 계획을 일찌감치 대기브리드용으로 짜 둔 상태였다.

람화연의 경계선 계획에 적합한 인력의 배치와 진형의 설정, 보급품의 선택까지 모두 〈키메라 둥지〉와 둥지에서 깨어난 키메라들을 대비하기 위함이었다.

람화연 또한 '부표'에 대한 최악의 상황을 가정해 두었지만, 마왕의 조각이 직접, 그것도 랭킹 3위에 올라 버린 유저를 대동하고 움직인다면 이건 또 다른 방향을 예상하지 않을 수 없다.

많은 자본과 인력이 투입된 경계탑과 토성 신축 공사는 벌써 마무리 단계에 들어서지 않았던가.

부표 인근에는 경계탑이나 토성을 추가적으로 지을 토지도 없으며, 즈마 시티 인근에 짓는 것은 아무래도 효율이 떨어진다.

적이 만약 양동 작전으로 몰려온다면 방법은 결국 텔레포트 스크롤을 남용하는 것밖에 없는 걸까?

두 사람의 두뇌가 정신없이 돌아가는 와중에 이하는 턱을 괴며 입을 열었다.

"그래도…… 다행이야."

"음? 무슨 소리지?"

"일종의 신호잖아? 곧 움직일 거야."

파우스트의 랭킹 상승은 분명한 시그널이다.

마왕군이 더 이상 기다리지 않겠다는 의사표시로 볼 수 있다.

"하핫, 그래서 다행이다? 하이하 씨의 목을 치러 출발한다는 알림 벨이어도 다행입니까?"

라르크가 비꼬듯 말했으나 그 말을 들으면서도 이하는 고개를 끄덕였다.

"너무 부정적으로 생각할 필요는 없어요. 파우스트의 랭킹 상승도 전 세계 커뮤니티를 떠들썩하게 만들 게 분명하고…… 오히려 불타는 열의로 기브리드의 서진 방어 이벤트에 참가

하려는 유저가 늘어날 수도 있으니까. 혹시 알아요?"

변수는 부정적인 영향만 주는 게 아니다.

도움이 되는 방향으로 작용하는 변수도 분명히 있기 마련이지 않은가.

이하는 밝게 웃으며 말했다.

라르크와 람화연은 너무나 환하게 웃는 이하를 보며 잠시 주춤할 정도였다.

'변수는 계산할 수 없기 때문에 변수인가. 어차피 해야 할 일이 하나밖에 없기는 하지.'

'……맞아. 모든 걸 대비할 수는 없어. 결국 확률 안에서 움직이는 게 내가 할 수 있는 전부.'

누가 오더라도 상대할 수 있는 준비를 갖추는 게 최선이다.

라르크는 미묘한 표정으로 이하를 보다가 한숨을 내쉬었다.

"그렇죠, 뭐, 인생이라는 게 사실 어디까지 대비할 수 있겠나 싶습니다. 사실 그래서 체스를 선택한 거거든요. 거기서는 미래를 읽어 낼 수 있는 재미가 있어서……. 하긴, 요즘은 제 아무리 그랜드 마스터라도 AI를 꺾을 수 없는 시절이긴 합니다만—."

"응? 체스요? 갑자기?"

이하가 고개를 갸웃거리자 라르크는 더 이상 말하기 싫다는 듯 손을 휘휘 저었다.

노인처럼 푸념하는 라르크를 보며 오히려 웃고 있는 건 람

마탑의
사수

화연이었다.

"기회가 되면 한 수 가르쳐 주시죠. 저도 체스 좋아하는데."

"흐음, 람화연 씨와 두는 건 즐거울 것 같긴 하지만…… 상대가 안 될 텐데요. 정 하고 싶으시다면 핸디캡 매치로— f7 폰 떼고, 블랙으로 잡아 드리죠."

선심 쓴다는 듯 말하는 라르크를 보며 람화연의 눈꼬리 각도가 점차 상승했다.

라르크는 람화연의 그런 얼굴을 보고는 슬며시 시선을 회피했다.

"어머나? 제 입으로 '좋아한다'라고 말할 정도인데, 제 실력이 감이 안 오나 보죠? 저한테 지면 무슨 창피를 당하시려나?"

람화연의 도발은 결코 만만치 않았다. 라르크의 눈은 다시 람화연을 향해 있었다.

장난스럽게 치솟았던 그의 입꼬리는 이미 내려와 있었다.

"람화연 씨야말로 저에 대해 '알고' 있으면서, 제가 그 정도 생각도 못 했을 거라 생각하시나 봅니다?"

"그 정도로 생각했는데도 폰을 뗀다?"

두 사람의 눈초리는 매서웠다.

그저 기브리드에 대한 대비나 철저히 하자! 라는 말을 꺼냈던 이하로서는 당황스러운 상황이었다.

"그, 저기— 왜? 갑자기 왜들 싸우고 그러세요?"

"뭐, 하이하 씨랑 하는 거였으면 룩이랑 퀸까지 떼도 상관

없겠지만."

"으응? 저기, 제가 체스는 잘 모른다지만 라르크 씨의 그 발언은 뭔가 기분이 나쁜데?"

"낄낄, 여하튼, 얼른 인턴 작업부터 해 주세요. 최우선으로 추린 3파, 4파 리스트입니다. 에윈 총사령관의 허가까지 난 거니까 그대로 해 주시면 될 거예요."

라르크는 슬쩍 서류를 건네며 이하의 등을 떠밀었다.

이하의 이야기로 방향을 돌리자 람화연도 화가 조금 풀렸다는 얼굴이어서 이하는 더욱 당황스러웠다.

'여, 여자 친구면 그래도 편을 좀 들어 줘야 하는 거 아닌가?'

회의실 문밖으로 밀리면서도 이하는 끝까지 황당함을 해소할 수 없었다.

'변수에 관한 발언' 덕분에 한결 마음이 편해진 라르크와 람화연이, 이하 자신을 상대로 장난을 쳤다는 것은 영원히 깨닫지 못하리라.

이하가 세 번째 파티원들과 인스턴스 던전을 클리어하고 있을 때, 실제로 파우스트의 랭킹 상승과 기브리드의 서진 방어에 대해 집중하고 있는 유저들은 상당했다.

"우흐흐흐, 키메라 군단들이라. 아주 좋아, 아주 좋아. 이참에 연구실을 옮기는 것도 괜찮겠어."

"마나 중계탑을 노리고 올 거라는 걸 알면 그에 대한 대비만 하면 되는 거 아닌가? 굳이 사람을 쓸 필요도 없을 것 같은데…… 우선 부표의 성질과 특징부터 알아봐야겠군."

"마나 중계탑이 오염되거나 파괴되면 신대륙에 갈 수 없게 된다, 라. 그 전에 나서는 방법밖에 없다는 거군."

"파우스트…… 치요…… 그리고 하이하."

실시간으로 올라오는 커뮤니티의 글들을 보며 제각기의 다짐을 하는 유저들도 있었고, 미들 어스에 접속하여 직접 상황을 살피는 유저도 있었다.

"그, 거기는 위험할 겁니다! 오염된 세계수의 숲까지는 적의 공격이 충분히 닿으니— 내려오시는 게 좋을 것 같은데요!"

기사단 NPC 중 한 명이 외쳤다.

더 이상 제 역할은 하지 못하고 있지만, 신대륙에서 가장 눈에 띄는 거목의 가지 위에는 한 사람이 올라가 있었다.

걸터앉아 맨발을 휘적거리며 젓고 있는 유저는 아래를 내려다보며 말했다.

"괜찮아요. 마탄이라도 쓰지 않는 이상, 한 방에는 죽지 않을 것 같으니까요. 으음, 그래도 맞기는 싫지만."

"네?"

"히힛, 저도 밥값은 해야 하니까."

"그게 무슨……."

기사 NPC가 고개를 갸웃거렸지만 나뭇가지에 걸터앉은 유저는 내려오지 않았다.

그대로 두 손을 뻗은 그녀의 손에서 반투명의 사슴과 새 등이 만들어지기 시작했다.

"생명체— 아니, 정령? 가, 각기 다른 형태의 정령을……
이렇게 많이— 그것도 이런 거리에서……?"

살아 있는 야생동물처럼 가지각색의 반투명 생명체들은 쉴
새 없이 만들어졌다.

순식간에 백 단위를 넘어선 그것들은 곧장 신대륙 동부를
향해 날아갔다.

한 번에 다룰 수 있는 정령의 수는 매우 한정적이며 해당 정
령이 정령사의 곁을 떠나서는 오래 활동할 수 없다.

이러한 '일반 사실'은 기사 NPC에게 입력되어 있을 정도로
널리 알려진 기본 정보이건만, 유저는 NPC조차 놀랄 정도로
그 근본을 뒤엎어 버리는 행위를 하고 있던 것이다.

유저는 놀라 뒷걸음질 치는 기사 NPC를 보며 웃었다.

"기브리드가 언제 오는지는 제가 보고 알려 드릴게요. 아 참,
다른 사람들한테는 말씀하지 않으셨으면 좋겠어요. 아셨죠?"

"네, 넵! 알겠습니다. 혹시 정령사 선생님께서는 존함이……."

"프레아."

검은자위가 없는 새하얀 눈동자가 반달처럼 휘었다.

기사 NPC는 프레아를 향해 경례를 붙이곤 곧장 경계탑으
로 돌아갔다.

프레아는 그의 뒷모습을 잠시 바라보다 신대륙 동부로 고
개를 돌렸다.

"알렌 스르나는 그 스스로 정령이 되어 버렸다…… 정령계에서조차 자취를 감춰 버린 그를 찾아내려면…… 흐으음, 역시 자아를 지니고 있으면서 동시에 정령이 아닌, 정령계에서만 활동할 수 있는 존재와 함께 모습을 드러내야만이……."

복잡한 표정으로 중얼거리던 프레아는 잠시 말을 멈추고 고개를 저었다.

허공에 휘젓는 그녀의 손길에 따라 온갖 종류의 정령들이 만들어지고 또 사라졌다.

세 번째 파티원들과 열흘간 인스턴스 던전을 누빈 후, 이하는 마침내 마지막이자 파티원들과 인스턴스 던전에 진입한 상태였다.

"굳이 네 번째까지 일일이 해야 하다니."

"즐거운 일이라고 생각하셔야죠. 만약의 사태에 대비하는 거니까."

마왕과 마주했을 때 제77대 교황의 보물을 사용한다면, 초월적 존재에 대한 저항력이 생길 것이라는 판단은 섰으나, 그것만 맹목적으로 믿고 있을 수는 없다.

"이번에 처음 오시는 여러분들이야 그럴지 몰라도, 저는 지겨워 죽겠다고요."

그전에 인스턴스 던전의 업적 보상을 최대한 많은 유저에게 부여해야 하는 건 당연한 일이다.

"하핫. 그렇겠네요. 그래도 세 번째 분들이나 저희는 15일 다 안 채울 거니까 다행이죠. 이제 로그아웃하셔도 되잖아요?"

알면서도 힘든 건 힘든 것이므로 이하는 투덜거렸고 그러한 이하의 심정 또한 이해할 수 있는 유저가 바로 환영술사 이환이었다.

첫 번째, 두 번째까지는 인스턴스 던전 내에서 무슨 일이 벌어질지 알 수 없었던 데다 이하 자신이 불안해서 쉴 수가 없었다.

'게다가 각각 키드랑 루거가 있었으니 로그아웃하기도 눈치 보였단 말이지.'

그러나 세 번째 인스턴스 던전부터는 크게 눈치 볼(?) 상대가 없었기에, 열흘간의 생활에서도 이하는 조금씩 휴식을 취할 수 있었던 것이다.

물론 로그아웃은 곧 경험치 획득 기회의 상실이었으므로, 그나마도 최대한 짧게 쉴 정도로 사실 그 또한 미들 어스 중독자였다.

"헤에~ 이런 곳도 있다니. 하이하 님은 진짜 미들 어스를 좋아하시나 봐요?

"어? 거기 너무 많이 가시면 어그로 끌리니까 모험은 좀 자제해 주세요, 엘미 님."

"우웅, 알겠습니다. 하지만 이런 크리쳐들을 소환할 수 있다면 분명 도움이 될 텐데…… 아직 5일밖에 안 됐지만 파악한 게 거의 없어서."

소환사 엘미가 투정을 부렸으나 이하는 봐주지 않고 제지했다.

힘든 일임에도 인스턴스 던젼 '노가다'를 하며 이하에게 안도가 되는 점은 대다수가 안면이 있는 유저라는 점이었다.

라르크가 뽑은 리스트는 교황의 보물이 효력을 갖지 못할 때, 최악의 경우 마왕과 맞서 싸워야 하는 인원을 추린 것이었으므로 당연히 대부분이 이하와 한 번 이상은 마주쳤던 것이다.

다만 얼굴을 알고 있다고 다 좋은 건 아니었다.

'메탈 드래곤 중에서는 첫 번째에 베일리푸스, 두 번째에 아르젠마트, 세 번째에 블라우그룬 씨…… 그리고 네 번째가—.'

여유로운 자세로 주변을 둘러보다 이하와 눈을 마주친 은회색의 머리카락, 그것을 포니테일로 질끈 묶은 여성.

"뭘 봐? 30분 쉬었더니 좀 살 만해? 바로 시작할까?"

"그, 그건— 저녁쯤 하기로 하셨잖아요."

"꼬나보는 눈빛이 마음에 안 들어. 지금 하자."

이하의 육체를 철저하게 개조해야 한다고 주장하는, 스틸 드래곤 젤레자만큼은 이하에게도 쉬운 존재가 아니었다.

Geschoss 5.

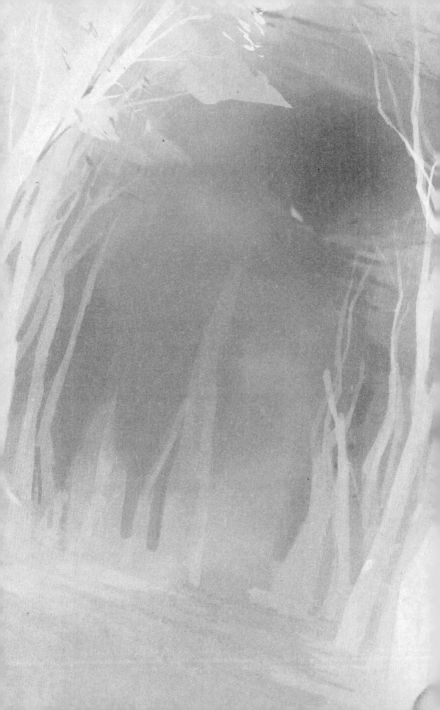

[묘오오오옹—!]

콰아아아아——————— 오!

이하가 앉아 있던 바위가 순식간에 가루가 되어 흩날렸다.

이하로서는 젤레자가 공격해 올 것이다, 라는 인식조차 제대로 하지 못한 타이밍이었다.

젤라퐁에게 납치당한 것처럼 허공에서 팔다리를 흐느적거리며 이하는 외쳤다.

"우아아아악! 자, 잠깐만요! 진짜로 그렇게—."

"당연히 진짜여야지! 그리고 그 빌어먹을 슬라임이 이제 내 공격에 적응했다는 게 더 마음에 안 들어!"

[묘호— 묘호오옹—!]

젤라퐁의 몸에서 촉수들이 뻗어 나갔다.

젤레자는 젤라퐁의 촉수를 마구잡이로 베어 냈으나, 베어지는 속도보다 더욱 빠르게 재생성되는 젤라퐁의 공격 또한 쉴 틈 없이 쏟아졌다.

벌써 젤레자와 대련을 한 게 몇 번인가.

고작 5일밖에 되지 않았지만, 그녀와 겨룬 승부로 따진다면 200번이 족히 넘었을 것이다.

1시간의 휴식도 제대로 부여하지 않은 채, 조금만 시간이 지났다 싶으면 젤레자는 곧장 달려들었다.

그렇게 엄청난 횟수의 대련을 통해 이하가 얻은 게 있다면 바로 이것이었다.

'젤라퐁의 반응 속도가 엄청나게 빨라졌어. 게다가…… 공격에 대한 대응부터, 내가 특별히 명령하지 않아도 공격 형태를 취한다. 이전과는 확실히 달라.'

약 30번째의 대련까지는 이렇지 않았다.

젤라퐁은 이하를 집어던지듯 회피시키고는, 이하의 몸에서 탈착하여 〈전투 모드: 민첩〉 형태로 젤레자를 막아 내는 게 전부였다.

물론 젤레자는 젤라퐁이 발목을 잡으려 하든 말든 무시한 채, 본체인 이하만을 집요하게 노렸고, 온갖 스킬을 활용하며 이하는 도망치기에 급급했었던 것이다.

그렇게 50번째 대련 즈음 반응 속도가 빨라졌고, 100번째 횟수를 넘어갈 때 재생 속도가 빨라졌으며, 약 150번째 대련을 할 때부터 젤라퐁이 지금의 모습을 갖추기 시작했다.

'노가다야. 정작 크툴루에게 오염된 생명체는 고사하고—
젤레자와 계속 대련 노가다만 하고 있었던 셈이니까! 바뀐 거
겠지!'

젤라퐁은 아이템이다. 그러나 동시에 〈정령〉이기도 하다.

자신의 계약자이자 주인에게 지속적인 위협이 가해졌을
때, 물의 정령이자 아이템인 젤라퐁은 어떻게 반응할 것인가.

그동안 이하가 겪어 온 위협의 순간은 많았으나 이토록 지
속적이고 반복적으로 행한 적은 없었다.

그리고 미들 어스는?

반복적 행위에 대한 보상을 지급한다.

'미들 어스를 처음 할 때에도 그랬어. 4시간의 제곱마다 능력
이 상승해. 4시간, 16시간, 64시간, 256시간 쉼 없이 한 가지 행
위를 하면 증가한다, 그래서 몇 날 며칠을 고생한 지금—.'

그 보상이 주어진 것이다. 단, 이하가 아니라 젤라퐁에게.

'공방 일체의 모드……라고 봐야 하나. 아니, 정확히 따지
자면—.'

상위 단계로의 진화.

상급 물의 정령에서 최상급 물의 정령으로 단계가 올라가
는 것처럼, 아이템이자 정령인 젤라퐁, 메타—물의 정령이
마침내 새로운 단계에 접어들었다는 뜻으로 해석할 수 있다.

비록, 아이템의 설명 창에선 변화가 없었지만 이하로서는

충분히 추측 가능한 일이었다.

'애당초 드레이크 선장이나 해신이 젤라퐁을 줄 때부터 '사용하기에 따라 바뀐다'라며 얘기했던 거니까. 그저 〈전투 모드〉에 대한 이야기인 줄 알았는데…….'

그것이 아니었다니.

젤라퐁을 받은 지 벌써 얼마나 많은 시간이 흘렀던가.

이하는 어쩐지 젤라퐁을 준 해신과 드레이크에게 체면이 안 선다는 느낌을 받았다.

이제야 진정한 의미에서의 첫 번째 '진화'를 시킨 셈이었으니까.

[묘오오오오―!]

"크으, 망할 슬라임 자식이, 어제보다 더 날카로운― 아니, 내 검로를 읽고 따라 하는 건가!? 아직 3천 년은 이르다!"

부우우우웅━━━━━━━━━━!

젤레자의 기세가 바뀌었다.

이하가 젤레자를 몇백 번가량 상대하며 느낀 점이 또 하나 있다면, 욱하는 성질의 스틸 드래곤은 대련이라는 말을 해 놓고 '진심으로' 공격할 때가 있다는 것이었다.

젤라퐁의 촉수들이 모조리 베어지는 것으로도 모자라 이하 자신의 본체에 데미지가 닿을 것 같은 공격이 행하여질 때.

[묘혹―…….]

"앗, 〈번 아웃〉!"

투콰아아아————————……!

이하라고 가만히 있을 리는 없었다.

더 이상 '입체 기동'이라는 말이 필요 없을 정도로 이하의 몸을 자유자재로 움직이게 만들어 주었으므로, 이하는 오롯이 사격에만 집중할 수 있었고, 최상급 랭커 이상의 몸놀림을 보유한 젤레자라도 이하의 탄환을 피하기는 어려웠다.

카아아앙……!

물론 피격되는 건 아니었다.

젤레자는 검으로 이하의 탄환을 쳐 내는 데에는 성공했으나, 〈번 아웃〉이라면 그 정도로도 충분한 효과를 낸다.

"꺼으으윽, 너— 너—!"

"제, 젤레자 님이 안 멈춰 주셔서 그렇잖아요. 잠시만 그렇게 계세요."

무력無力의 정령 여왕의 힘은 곧장 스틸 드래곤의 기력을 빼앗아 갔다.

겨우 사태를 진정시키고 나서야 이하는 조용해진 주변을 둘러보았다.

"대단해."

"으음, 확실히 저런 몸놀림의 적이 마왕군에도 있다면 상대하기 까다롭겠군요. 웬만한 환영 스킬을 파훼하며 쫓아온다고 생각하면……."

"크리쳐를 써서 막기에도 조금 힘들 것 같고. 역시 발을 묶는 정도가 최선인가?"

"디버프가 나을 수도 있죠. 부적을 붙여서 버프를 하는 것도 한계가 있을 테니—."

이하와 젤레자가 단시간에 벌인 '대련'은 유저들에게도 여러 영감을 주기에 충분했다.

토론 중인 유저들을 보며 이하는 한숨을 내쉬었다. 그러나 그들이라고 놀고 있던 게 아니었으므로 할 말은 없었다.

권장 레벨 370의 인스턴스 던전이라도 5일의 시간이면 어느 정도 숙달되는 데 무리가 없는 실력자들이었으므로, 그들의 곁에 이하가 보지 못했던 몬스터 사체 4개가 늘어나 있는 것도 당연하다는 뜻이다.

'기정이나 나라 씨, 람화정 씨도 처음에는 상대하지 못했던 건데⋯⋯.'

모든 공격 루트를 읽고 피해 버리는, 말하자면 치요나 푸른 수염과 같은 몬스터들이다.

이하 자신까지 다섯 명이서 맹공을 펼쳤어도 두 마리를 상대하기 힘들지 않았던가.

비록 5명이서 시간에 쫓기는 데다 아무런 정보 없이 들어왔던 그때와, 10명을 꽉꽉 채운 채 정보까지 무장하여 들어와 한 마리씩 풀링하여 사냥한다는 차이가 있다지만, 이토록 쉽게 몬스터들을 상대할 수 있다니.

이환은 몬스터들의 사체를 보는 이하를 물끄러미 바라보다 입을 열었다.

"확실히 이번 인턴을 드나든 사람들은 많이 성장했을 겁니다."

"네, 네?"

"프레아 씨가 〈정령계의 열쇠〉를 얻었다는 소문은 이미 파다한 데다……그 외에도 스킬을 획득했다거나 이런저런 재료 아이템을 채집해 가서 써먹고 있다는 이야기도 들리거든요."

"엥? 뭐, 여기서 나는 재료가 있다면 그럴 법이야 하다만…… 이환 씨가 그걸 어떻게 아세요?"

이환은 빙긋 웃으며 '저는 마술사니까요'라고 말하려 했다.

그러나 그가 분위기를 잡으려 할 때, 먼저 치고 나온 유저가 있었다.

"하핫. 이환 님만 아는 게 아닙니다. 황룡 내부에서도 이야기가 많이 돌았으니까. 페이우 형님이나 우리 배추 형만 봐도 그렇고요."

"무도사 님은 그걸 또 어떻게……."

황룡에서 페이우, 배추도사 다음으로 들어온 유저, 무도사였다.

그는 자신의 머리를 문지르며 쑥스럽다는 듯 말했다.

"제 입으로 말하기 부끄럽습니다만 제가 나름대로 정보광이거든요. 들려오는 소문은 절대 놓치지 않죠. 와하하핫, 정보만큼 연금술에 강한 게 없지 않겠습니까. 공짜로 듣고, 비싸게 가공할 수 있는 것!"

과묵했던 배추도사와 달리 의외로 수다스러운 성격이었기에, 이하를 비롯한 다른 유저들은 그의 외형적 이미지와 조금 결부시키기가 어려웠다.

무도사에게 거리낌 없이 대하는 건 한 명뿐이었다.

"광이 나긴 나네요. 대머리라서. 아, 공짜 정보를 좋아해서 벗겨졌나?"

"엘미 님…… 머리 얘기는 하지 말라고 했을 텐데요."

"이히히히. 미안요."

심지어 남들이 언급하기 어려운 소재(?)를 농담거리로 삼아버리는 능력이라니.

활동 범위가 넓지 않은 인스턴스 던전에서 며칠간 함께하다 보면, 여러 유저들의 숨겨진 면모 또한 볼 수 있는 셈이었다.

"끄으으으, 끝났다! 하이하, 준비됐겠지!?"

"벌써? 또요?"

[묘오오오옹―!]

〈번 아웃〉의 지속 시간이 끝난 젤레자가 다시금 이하에게 달려들었다.

젤라퐁의 재빠른 회피와 함께 이하의 201번째 대련이 지속되었다.

파우스트가 랭킹 3위에 올라선 지 보름째가 지나고 있었다.

"오, 옵니다!"

"음? 뭐가요?"

신대륙 중앙부에서 갑작스레 소란이 일었다.

람화연이 새롭게 지은 경계탑과 토성 근처에서 자리를 잡았던 별초의 유저들이 고개를 갸웃거렸다.

"기브리드와— 키메라가…… 그 수는 알 수 없을 정도! 오고 있습니다!"

기사 NPC가 부리나케 달려오며 외쳤다.

갑작스레 벌어진 소란에 기정이 자리에서 벌떡 일어나 루비니를 바라보았다.

"어? 루비니 님! 지금 지도에는—."

"아, 아직 잡힌 건 없습니다. 적어도 10km 전방까지는 몬스터들이…….."

첫 번째 인스턴스 던전 멤버로 다녀온 루비니는 이곳에서 줄곧 기브리드의 동향을 감시하던 중이었다.

그런 그녀에게도 아무런 흔적은 잡히지 않았다.

"기사님께서는 어떻게 아셨죠?"

"그, 그게— 그러니까. 그렇습니다."

"네?"

"기브리드가 옵니다! 곧 루비니 님의 지도에도 잡힐 거라고— 저, 저는 다른 곳에 전달하러 가겠습니다!"

당황하여 말까지 더듬는 기사 NPC를 보며 별초의 유저들이 오히려 당황스러워졌다.

기정과 보배는 'NPC가 저럴 수 있나?'라는 생각이었으나 혜인과 비예미는 조금 달랐다.

"킷. 누군가 있나 보네요."

"루비니 씨의 지도보다 더 앞서서 정찰을 했다는 뜻인가? 꽤나 능력 있는 사람이겠네요."

"키킷, 동시에 꽤나 부끄럼쟁이이거나, 아니면 꽤나 흑심이 있는 사람이거나."

"또는 둘 다이거나."

혜인과 비예미는 서로를 보며 웃었다.

둘이 동시에 예상할 수 있는 '그 사람'은 흑심을 품을 만하지만, 그렇다고 〈신성 연합〉에 해가 될 만한 흑심이 아니라는 걸 알고 있었으니까.

"응? 네? 무슨 말씀하시는 거예요."

"준비할 때가 됐다는 거지. 그럼 저는 즉각 〈신성 연합〉에 보고하고 오겠습니다. 케이, 뒤를 부탁한다."

"어, 넵! 얼른 다녀오세요, 형님!"

무슨 소리를 하는지 알아들을 수 없는 기정이었으나 어차피 중요하진 않다.

혜인과 비예미가 모든 해석을 마쳤고, 굳이 자신에게 이야

기하지 않았다면 자신이 알지 못해도 상관없는 정보라는 뜻
이니까.

별초의 길드원들이 서로를 믿는 힘은 그 어떤 집단보다도
강했다.

혜인이 〈신성 연합〉에 보고를 마치기 무섭게 미들 어스 전
역으로 기브리드의 서진이 전파되었다.

일찌감치 전투 준비를 마치고 대기 중이던 유저들은 순식
간에 신대륙 중앙부로 모이기 시작했다.

"서 라르크."

총사령관 에윈은 지난번보다 훨씬 무거운 무장을 한 채, 말
에 올라탄 상태였다.

기브리드의 서진을 막기 위한 첫 번째 작전은 바로 신대륙
중앙부에서의 요격이다.

전멸시키긴 당연히 어려울 것이고, 이쪽의 전멸을 막는 게
주어진 과제라고 봐야 한다.

〈신성 연합〉의 전력을 지키기 위해 총사령관 에윈이 선택
한 것은 역시나 직접 출격이었다.

다만 라르크로서는 선택하고 싶지 않은 방법이었다.

지난번 마왕군이 습격해 올 때와는 차원이 다르다. 깨어난
기브리드가 있는 전장에 총사령관이 직접 뛰어드는 리스크를
굳이 부담해야만 하는가.

라르크는 입술을 지그시 깨물며 답했다.

"예, 총사령관님."

"즈마 시티에 그랜빌이 있지만 나와 그랜빌 사이의 여백은 길고 넓네."

"……알고 있습니다. 그에 대한 대비는 람화연과 이야기를 마친 상태입니다."

에윈은 라르크의 답변을 들으며 고개를 끄덕였다. 그러곤 라르크를 물끄러미 바라보다 입을 열었다.

"즈마 시티를 제외한 모든 '전선'의 목표는 기브리드와 키메라의 분리. 그것 하나만 지키며 안전을 도모하면 될 일이 아닌가. 걱정 말게."

"기브리드 앞에서 안전을 도모한다고, 그것이 도모된다면 얼마나 좋겠습니까마는……."

에윈의 능력에 대해선 라르크도 인정하는 바였으나 이건 너무나 위험한 선택이다.

그러나 총사령관이 가지 않는 게 낫다고 말한들 설득당할 에윈이 아니므로 라르크로서도 어쩔 수 없었다.

"허헛, 그렇군. 자네는 따뜻한 기사야. 믿을 수 있지."

"네?"

라르크는 고개를 갸웃거렸다. 갑자기 무슨 소리를 하는 것인가.

에윈은 더 이상 말하지 않고 투구를 눌러썼다. 마갑주馬甲冑

까지 무장한 에윈은 말을 몰아 병력들의 앞으로 나아갔다.

"기브리드의 병력들이 지도에 잡힙니다!"

루비니의 외침이 전역에 퍼졌다.

라르크는 곧장 루비니가 있는 곳으로 달려갔다.

초대형 지도를 만들어 낸 루비니의 곁에는 이미 두 명의 남성이 있었다.

"키드 씨, 루거 씨!"

라르크가 반갑게 인사했으나 두 사람은 라르크 쪽을 바라보지도 않았다.

어린아이의 색칠 공부처럼 변하기 시작한 루비니의 지도에서 눈을 뗄 수 없었다.

"기브리드의 위치는 따로 파악이 가능합니까."

"10km 전방이라, 우선 인사부터 한 방 먹여 주지. 캬하하핫, 하이하 놈이 없을 때야말로 내 힘을 보여 줄 수 있는 최적기니까!"

"잠깐, 그보다는 카일입니다! 루비니 씨, 혹시 카일만 따로 빼서 볼 수 있습니까?"

라르크는 자신에게 신경도 쓰지 않고 곧장 적의 동향부터 파악하는 두 사람을 보며 웃었다.

그리고 그들이 집어내지 못한 다른 주의점에 대해 언급하며 사이를 파고들었다.

정작 세 명의 남자에게 질문을 받은 루비니만이 지도를 보며 고개를 갸웃거리고 있을 뿐이었다.

"루비니 씨?"

"기브리드가 어디 있냐고, 안대— 크흠, 안대녀! 저 빌어먹을 몬스터 사이에서 네가 기브리드의 정확한 위치만 잡아 주면 된다! 하이하의 '눈'이 없어도, 크흐흐, 보여 줄 게 많으니까!"

루거는 〈코발트블루 파이톤〉을 치켜들고 당장이라도 발포할 기세로 외쳤으나 여전히 루비니의 눈은 그를 향해 있지 않았다.

"이, 이상해……. 아무래도 이상해요."

루비니의 목소리가 의구심에서 점차 공포로 변하기 시작했다.

루비니의 앞에서 까불거리던 루거조차 그녀의 변화를 단박에 감지했다.

세 명의 남성은 물론, 루비니의 지도 근처로 모인 수많은 유저들의 눈과 귀가 집중되었다.

"뭐가 이상하다는 겁니까."

"카일이 안 보여서요?"

"아뇨, 그게 아니라— 지도에…… 지도에 보이는 저거, 저

마탑의
사수

것들이 전부……."

루비니는 자신에게 향하는 질문을 귀찮다는 듯 쳐 내며 말했다.

미래를 보는 자, 〈닥터 둠〉이라는 별명에 걸맞게 그녀는 파괴적인 해석밖에 하지 못했다.

"기브리드라고 읽힙니다."

유저들은 잠시 아무런 말도 할 수 없었다.

루비니의 지도는 〈백룡 전투〉 당시 마왕군의 진격 루트를 그대로 비교하여 볼 수도 있다.

당시 보였던 군세보다도 훨씬 많은 수의 키메라와 몬스터들이 지도의 상반부를 가득 메우며 차츰 내려오고 있지 않은가.

"자, 잠시만. 네? 기브리드, 그니까요. 기브리드를 읽을 수 있다는 뜻으로 말씀하신 건가요?"

"아뇨! 아뇨! 저게— 저게 전부 기브리드라고 뜬다니까요. 그러니까—."

"……기브리드라는 하나의 개체로 보이는 게 아니라……. 지금 지도에 찍힌, 수를 셀 수조차 없는 키메라 전부가 기브리드라는 의미입니까."

키드는 말했다.

루비니의 대답을 굳이 듣지 않아도 벌써 확신했다는 듯 그는 모자를 눌러썼다.

루비니는 고개를 끄덕였다. 그녀의 얼굴이 떨리고 있었다.

"네. 분명 키메라'들'이지만— 동시에 복수複數의 키메라가 아니에요. 저건—."

"뭬, 〈키메라 둥지〉라는 별명이 괜히 붙은 게 아니군."

루거는 간단하게 상황을 정리했다.

그러나 라르크는 그리 쉽게 상황을 받아들일 수 없었다.

기브리드가 단수가 아니라고?

"말도— 아니, 이렇게 될 수가!? 기브리드는! 뭐, 저게 기브리드가 잘게 분열되었건 어쨌건! 무슨, 주요한 기체가 있을 거 아닙니까! 기브리드의 본체! 핵! 중심! 뭐라도 좋으니까, 분리해 봐요!"

"죄, 죄송합니다. 저는 그것을 분간할 수 없어요. 분간 자체가 불가능한 것으로 보입니다만……."

〈신성 연합〉의 작전이 무엇인가. 기브리드와 키메라 군단을 분리해 내는 게 이번 작전의 요체다.

기브리드가 이끌고 올 것으로 추정되었던 수많은 키메라들은 람화연이 설치한 경계탑과 토성에 의해 동선을 차단하며 그 수를 줄인 후, 최종적으로 소수의 키메라와 기브리드만이 즈마 시티에 도착하게끔 만드는 게 목적이 아니었던가.

에윈이 최전방에 있지만, 즈마 시티에도 최정예 병력과 함께 그랜빌이 남아 있는 것 또한 그런 이유였다.

최종적으로는 바로 그곳에서, 기브리드를 죽여야 했으니까.

"안 돼! 그러면 안 된다고요! 제기랄, 그렇게 되면—."

"이 자식이, 안대녀가 우리를 위해 몇 날 며칠간 지도만 켜 놓고 여기서 대기했는 줄 알아? 노고에 고마워하지는 못할망 정······."

라르크는 평소의 그답지 않게 루비니를 다그치듯 말했다. 그런 라르크를 말리며 사이에 끼어든 것은 루거였다.

루거가 당장이라도 라르크의 멱살을 잡으려는 태도를 보였 지만 다행히 라르크는 그 이상 흥분하지 않았다.

그의 눈길이 닿은 곳은 루비니의 뒤에서 걸어오는 여성이 었다.

"작전은 그대로 갑니다, 라르크 씨."

람화연의 얼굴을 보는 것만으로 라르크는 누군가를 떠올릴 수 있었기 때문이다.

"······하이하."

지도에는 분간이 되지 않지만 그라면 어떨지 모른다.

기브리드의 핵심이 되는 키메라 한 기를 정확하게 분류해 낼 수 있을지도 모른다.

"지금 바로 불러오겠어요. 하지만—."

"로그아웃해서 즉시 연락, 다시 재접속하는 게 아무리 빨라 도— 미들 어스에서 최소 1시간, 어쩌면 2시간 이상은 흐른 시점이겠죠?"

"네. 뒤를 부탁해요."

람화연은 더 대화하는 시간도 아깝다는 듯 곧장 로그아웃

했다.

귓속말이 통하지 않는 고대의 인스턴스 던전 속의 이하를 꺼내 오기 위해선, 현실에서의 연락이 필요하다.

체카를 통해 '심어 둔' 사람을 통하여 하이하의 집에 연락하고, 이하가 그것에 반응하여 곧장 로그아웃 후 재접속하여 인스턴스 던전을 클리어하고 빠져나와야 한다.

이미 여기까지는 주요 인물들과 이야기가 되어 있었으나, 아무리 빨라도 시간이 걸릴 수밖에 없다는 의미다.

라르크는 호흡을 가다듬었다.

앞으로 2시간…….

버텨 내야 한다.

"이거야 원, 부끄러운 모습을. 어차피 상식적으로 생각해도 작전을 변경하기엔 늦었으니까. 갑시다, 이제 뭐 왕창 깨지든가, 아니면 일발 역전하든가 둘 중 하나지."

라르크는 가장된 웃음까지 터뜨리며 루거의 어깨를 두드렸다.

루거는 황당하다는 표정이었다.

"……이중인격자도 아니고, 이렇게 빨리 차분해진다고? 그리고 하이하 그 자식은—."

"하이하도 분간해 낼 수 없다고 가정하고 움직이는 게 편할 겁니다."

"그래! 내 말이 그 말이야! 그놈이 '눈'이 있다지만, 어차피 카일을 경계하는 데 모든 힘을 기울여도 부족할 텐데! 게다가 안대녀도 못 하는 일을 하이하 그 자식이 할 수 있을 리 없지!"

키드와 루거가 말했다. 라르크는 별다른 반응을 보이지 않았다.

그가 이런 생각까지 도달하지 못했을 리가 없었으니까.

"그래서 말했잖습니까. 이제는……."

지금 그에게 와닿은 점은 변수라는 한 단어뿐이었다.

기브리드와 나눠서 생각할 수 없는 〈키메라 둥지〉의 키메라들. 이제부터 저것을 상대하는 데에 전력을 다해야만 한다.

"돌이킬 수 없는 흐름이 시작되어 버린 거라고."

라르크는 웃었다. 키드와 루거는 라르크의 슬픈 웃음을 보았다.

무지개의 기사는 곧장 달려갔다.

"전투 준비! 모든 키메라 하나하나가 기브리드라는 생각으로 전투에 임합니다! 적이 얼마나 많든 관계없어요, 우리는 이곳에서————."

평소의 라르크다운 모습은 아니었다.

검을 뽑고 에윈의 곁으로 달려가는 그의 뒤로, 무지개의 잔상이 뒤따랐다.

"죽기로 싸웁시다!"

라르크의 외침은 처절했다. 그만큼 힘이 담겨 있었다.

이미 최선두에 있던 에윈은 라르크가 있는 방향을 바라보았다.

〈신성 연합〉의 총사령관은 검을 들었다.

"전군, 정렬."

그에게 여러 마디는 필요 없었다.

벌써 몇 차례나 돌격을 실시했었고, 벌써 몇 번이나 각 단체별 위치와 진영에 대한 통보가 이루어졌다.

기사단과 각 길드 그리고 전투에 참여하는 유저들은 제자리를 잡았다.

[목숨을 건 〈키메라 둥지Hive〉 제거 작업]

설명: 마왕의 조각 기브리드는 〈키메라 둥지〉라는 이명異名을 갖고 있다. 마왕이 깨어난 이상 제3차 인마대전의 발발은 기정사실이 되어 버린 바, 그전에 마왕의 조각 한 기라도 없앨 수 있다면 큰 도움이 될 터. 교황은 노장에게 마지막 부탁을 전했다.

그리고 〈신성 연합〉의 총사령관이자 초원의 여우는 그 부탁을 받아들였다.

"비록 시간은 길지 않겠지만 공간은 긴 작전이다. 신대륙의 중앙에서부터, 서부의 즈마 시티까지 이어지는 원대한 작전을 성공시켜야 한다……. 내 목숨을 바쳐서라도."

모든 키메라를 낳는 둥지이자, 그 스스로도 키메라인 기브리드를 막아 내자.

당신은 '초원의 여우'를 따라 목숨을 걸 각오가 되었을까?

내용: 기브리드 제거

보상: ?

실패 조건: 키메라가 오백 기 이상 살아 돌아갈 시

즈마 시티의 마나 중계탑이 오염 또는 파괴될 시

퀘스트 참여자 전원 사망 시

실패 시: ?

수락하시겠습니까?

눈앞에 뜬 홀로그램 창을 보며 유저들은 아찔한 기분을 느꼈다. 그 어느 때와도 다른 퀘스트 의뢰 창이었다.

"뭐야, 목숨을 걸으라고? 물론 마왕의 조각을 상대한다지만—."

"퀘스트 참여자 전원 사망 시……? 이런 조건이란 말이야?"

참여자 한 사람의 죽음은 중요치 않다. 퀘스트 참여자 '전원' 사망 시, 퀘스트는 실패로 돌아간다.

얼핏 당연한 이야기처럼 보이지만 동시에 당연하지 않은 것이었다.

적어도 지금까지 이런 방식의 '실패 조건'은 찾아보기 힘들었기 때문이다.

"게다가 기브리드를— 아니, 실패 조건을 역으로 생각하자면 오백 기 미만의 키메라를 제외한 모든 키메라를 죽여야 기브리드가 죽는다는 의미 같은데."

"빌어먹을, 이게 말이 되는 거야? 얼핏 봐도 〈백룡 전투〉 때보다 몇 배는 되는데!"

"이런 난리 통에 키메라가 500기 살았는지, 1,000기 살았는지 어떻게 알아! 결국 셀 수조차 없는, 전방의 최저 50만 단위, 어쩌면 100만에 육박하는 키메라를 모조리……."

죽여야 퀘스트가 클리어된다는 뜻 아닌가.

꿀꺽.

누군가의 침 넘김 소리가 크게 들릴 정도로 고요해진 전장이었다.

그중에서도 가장 큰 충격을 받은 자는 라르크였다.

"……총사령관님, 설마—."

에윈이 했던 이야기가 뇌리를 스쳤다. 그가 남겼던 말은 말 그대로 NPC가 죽음을 각오한 채 했던 말이었을까.

에윈은 〈백룡 전투〉 때처럼 유저들과 NPC를 독려하지 않았다.

독촉하지도 않았다.

[마음의 준비가 된 자, 초원의 여우를 따르라.]

확성 스크롤을 사용한 〈신성 연합〉의 총사령관은 단 한마디를 남겼을 뿐이다.

그는 그대로 말 머리를 돌렸다.

[이랴.]

유저들은 잠시 상황을 이해하지 못했다.

증축된 토성과 경계탑 사이로 보이는 저건 무엇인가.

루비니가 만들어 낸 초대형 홀로그램 지도에 뜨는 것처럼, 달려나가는 점 하나는 누구인가.

초원의 여우가 키메라를 향해 달려나갔다.

"어— 어어어!?"

"초, 총사령관이— 혼자 달려나갔어!"

"이런 미친! 뭐야!? 뭐야!"

유저들에게서 소란이 일었다.

그러나 제자리에서 소란을 떨어 봐야 해결되는 일이 없다는 것 또한 알고 있었다.

"자, 잡아! 에원을 이런 곳에서 죽게 해선 안 된다!"

"총사령관을 지켜라아아아아!"

"시발, 기브리드고 뭐고, 다 죽여 보자!"

와아아아아——————!

가자, 가자, 가자————!

초원을 뒤흔들었던 여우와 여우의 뒤를 따르는 무리의 대진격이 개시되었다.

이미 이하가 알고 있던 유저의 상당수가 그곳에 참여했다.

후미를 지키는 것은 루비니를 비롯한 소수의 지원 및 연락 병력뿐. 그 외의 전투 인력으로 남아 있는 자는 키드였다.

"당신은 안 갈 겁니까. 메탈 드래곤들이 곧 오겠지만 모두

저곳에 투입되지는 않을 겁니다."

"큭큭…… 필요 없어. 어차피 이번 전투의 축포는 내가 연다."

"음?"

"〈아흐트-아흐트〉."

〈코발트블루 파이톤〉의 바깥으로 새파란 기운이 감싸졌다.

루거는 여느 때와 달리, 그것을 매우 가볍게 치켜들었다. 포구는 거의 수직으로 치솟아 있었다.

그 단순한 동작만으로도 키드는 루거의 성장을 점쳐 볼 수 있었다.

루거는 보란 듯이 키드에게 코웃음을 치고는, 루비니를 바라보았다.

"안대녀."

"네, 네?"

"지금 지도 잘 봐 둬라."

"무슨—."

"키메라 몇 마리나 지워지나."

루비니가 고개를 갸웃거리자 루거는 전방을 향해 고개를 돌렸다. 코밑을 스윽 닦아 내며 그는 외쳤다.

"〈마법의 양탄자Magic Carpet Bombing〉."

"뭣—."

키드가 놀랄 새도 없이, 〈코발트블루 파이톤〉의 포구에서 붉은빛이 번쩍였다.

마탑의
사수

에윈은 점차 속도를 높이며 달리고 있었다.

그것은 뒤따르는 유저들 모두가 느낄 수 있었다.

"크으으으, 역시 에윈의 버프가 짱이야! 이것만 있으면 진다는 상상도 할 수 없다니까!"

"속도가 점점 빨라지는데?! 〈백룡 전투〉 때보다 더 빠른 것같아!"

"난 그때 후방에 있어서 얼마나 빡쳤는데! 이번엔 다 죽여버리겠어!"

'초원의 여우'에게서 발동된 버프가 이미 그들에게 적용되고 있었기 때문이다.

처음 겪는 유저는 물론이고, 한 번 경험했던 유저들마저도 흥분하게 하는 에윈의 버프 효과는 키메라와 〈신성 연합〉의 거리를 순식간에 좁히고 있었다.

전방의 키메라는 당연히 셀 수 없었다.

애당초 유저들은 키메라의 수를 확인하기를 포기할 정도였다.

어차피 시야의 좌측에서 우측까지를 '모두' 메우고 달려오는 적의 수를 알아서 무엇할까.

사기 진작을 위해서라도 차라리 키메라의 총 개체 수는 모르는 게 나으리라.

"그래도 〈백룡 전투〉보다 나아! 이번엔 한 종류의 몬스터, 키메라밖에 없어!"

"죽여 버려! 모든 키메라가 다 기브리드라는 건 결국, 키메라를 많이 잡을수록 공헌도가 달라진다는 뜻이야! 보상 생각하면 하나라도 더 죽여야 한다!"

"2세대 마왕군, 그 빌어먹을 것들에 비하면 훨씬 좋다! 화염 스킬! 화염 스킬로 대비해라!"

"팔라딘―! 신성력 준비!"

아군의 수는 충분하다.

적은 기브리드라고 봐도 좋지만 기본적으로는 한 종류이며, 키메라의 속성을 지니고 있을 터. 그렇다면 충분히 공략할 수 있다.

유저들의 열의는 불타올랐다. 그리고 하늘도 불타올랐다.

"엥?"

"어라? 저게 뭐야?"

아직 날은 밝았다. 구름이 제법 있었지만 화창한 하늘색을 자랑하던 공중이 어째서 점점 붉게 물들어 가고 있는 걸까.

"뭔가…… 떨어지는 것 같은데―."

"뭔가 시커먼, 저거 마법? 스킬인가? 〈미티어 스웜Meteor Swarm〉의 설명이랑 비슷한―."

"떨어진다! 선두 조심해! 바, 방향은 어디―."

"키메라 쪽이다! 이쪽 아니야! 키메라 쪽으로 뭔가가 떨어진―."

휘유우우우우우우……

하늘에서 째지는 듯한 휘파람 소리가 들려온다고 생각했을
때, 유저들은 보았다.

키메라의 머리 위로 떨어지는 것은 별로 크지 않았다. 그러
나 너무나 그 숫자가 많아 보는 사람을 질리게 만들 정도였다.

"원통형의 길쭉길쭉한―."

"……아니, 펼쳐지는 모습도 보이는― 카페트 같은 뭔가
가……."

"자, 잠깐― 무슨 말장난, 융단 폭격인가 저거?!"

그것은 문자 그대로 융단이었다. 돌돌 말린 카펫과 같은 형
태를 띠고 있는, 다소 장난기 다분한 스킬이라니.

누가 이런 스킬을 썼는지 유저들이 잠깐 대화를 나누었으
나 곧 그들은 깨달았다.

키메라까지의 거리는 이제 가깝다. 하물며 하늘에서 떨어
지는 수없이 많은 저것이 '폭탄'이라면?

"떠들 시간 있으면 모두 배리어 치세요! 〈에어리어 쉴드〉!"

"으어어, 〈앱솔루트 배리어〉!"

"〈홀리 배리어〉!"

에윈의 뒤를 따르는 선두 집단 중 팔라딘 무리가 많았던 것
은 〈신성 연합〉의 행운이었다.

신성력을 활용한 쉴드가 생성되기 무섭게, '융단 폭격'이 힘

을 발휘했다.

———————————————!

　루비니의 곁에 있던 키드가 잠시 휘청거렸다.

　키드의 눈에도 저 멀리 폭염의 후폭풍으로 발생하는 작은 '버섯구름'들이 보일 지경이었다.

　"무슨…… 말도 안 되는 짓을 한 겁니까. 대상을 녹여 버리면서 '열기로 [관통]했다'라고 주장이라도 하려는 겁니까. 게다가 저 장난스러운 형태는 브라운의 성격을 반영한 마나 폭탄— 음?"

　키드는 루거가 얼마나 자랑할지, 자신의 스킬을 얼마나 떠벌릴지 예상하고 있었으므로 그의 입을 막기 위한 말을 준비했다.

　그러나 일부러 띄워 주기 위해 물어본 질문에도 루거는 쉬이 답하지 않았다.

　"……말도 안 돼."

　"훗. 당신의 스킬에 당신이 놀라는 겁니까."

　"아, 아니, 그게 아니야. 이럴 수가……."

　루거의 눈은 한 곳에 고정되어 있었다.

　폭발의 위력을 보고 즐기려던 게 아니었다. 그가 바라보는 건 홀로그램 지도였다.

거리가 멀었다지만 폭발의 위력은 루비니도 어느 정도 유추할 수 있었기에, 그녀 또한 루거의 곁에서 경악을 금치 못하고 있었다.

"키메라가……."

"이런— 이게 무슨……!?"

그제야 키드도 루거, 루비니와 같은 생각을 갖게 되었다.

저렇게나 강력한 폭발이 일었건만, 어째서 루비니의 홀로그램 지도 속에서 '지워진 지역'이 없는 것인가!

루비니의 홀로그램 지도는 여전히 새빨갛게 물들어 버린 상태였다.

"구, 구멍이 몇 개— 그것도 이렇게 작은 범위의 키메라가 죽은 게 전부라고!? 일반 광역 스킬 중에 이보다 강한 건 없을 텐데—."

루거는 자신이 노렸던 지역만큼은 그 붉은 색을 지워 버리고 다시금 원래의 색을 되찾을 줄로만 알았다.

그러나 지도에 보이는 것은 군데군데 오물이 묻은 것처럼 붉은색이 지워지며 드러난 색이 있을 뿐, 속 시원하게 벗겨진 지역이 보이지 않았다.

물론 워낙 큰 축척의 지도였으므로 붉은색이 조금 벗겨진 '점'이라도 상당수의 키메라가 죽었을 것이다.

다만 루거가 사용한 스킬의 종류와 등급 그리고 그 파괴력에 대해 생각해 본다면 턱없이 부족한 결과물이라는 게 문제였다.

키드는 곧장 모자를 눌러썼다.

"멈추지 말고 포격해야 할 겁니다. 이번 적은⋯⋯."

슉―.

키드가 달려나갔다.

그가 차마 남기지 않고 갔던 말은 곧 〈신성 연합〉의 최전방의 유저들이 깨닫게 되었다.

이번 적은 보통의 키메라가 아니다.

하나하나가 기브리드라는 게 어떤 의미인가.

~오오너러라라, 인인간간들들이이여여~

융단 폭격이 휩쓸어 버리고 간 잿빛 하늘에서 수를 알 수 없는 목소리가 퍼졌다.

그저 듣는 것만으로 오금이 저릴 정도로 공포스러운 목소리에 유저들의 돌격 속도가 조금 늦춰지려는 찰나.

"겁먹지 말지어다."

최선두의 에윈이 검을 치켜들었다. 〈백룡 전투〉에 참가했던 유저들은 그 신호가 무엇인지 정확히 파악하고 있었다.

"〈초원의 피바람〉."

푸화아아아―――――――ㄱ!

언젠가 마왕군 몬스터들을 일거에 쓸어버렸던 에윈의 스킬이 뻗어 나갔다.

그것만으로도 돌진하는 〈신성 연합〉 전방의 수없이 많은 키메라가 쓸려 나갔다.

"오, 오오옷!?"

"역시! 총사령관님 스킬은 먹힌다!"

"이러면 됐어! 졸지 마!"

듣도 보도 못한 공격조차 먹히지 않았던 키메라는 혹시 죽일 수 없는 게 아닐까.

화염 스킬의 결정체와 같았던 폭격도 먹히지 않았는데 혹시 키메라에 약점이 사라진 건 아닐까.

에윈의 스킬은 그저 키메라만 날린 게 아니라 유저들의 의문 또한 날려 버렸다.

"킷킷, 루거의 스킬 다음이라 누적 데미지로 먹힌 것 같긴 하지만—."

"지금은 그런 얘기할 때가 아니죠, 비예미 씨! 갑시다! 〈홀리 스트라이크〉!"

그런 에윈의 곁에 있던 별초의 기정도 검을 치켜들었다.

신성력으로 자체 버프를 한 그의 눈앞에, 마침내 형태를 묘사하기조차 힘든 키메라가 들어왔다.

"하아아아아앗—!"

일진일퇴를 거듭한 〈신성 연합〉과 기브리드는 마침내 격돌했다

돌진력이 그대로 실린 최초의 충돌은 분명 상당한 위력을 발휘했다.

　에윈과 함께 그들의 바로 곁에 있었던 기정의 별초와 라르크 등은 확실하게 위력을 내보였다.

　그러나 딱 거기까지였다.

　애당초 봉시진이 아니라 추행진을 선택한 것도 돌파보다는 돌진의 충격을 더하기 위함이었다.

　최초의 충격으로 그들을 혼란에 빠뜨리고, 키메라들의 발을 묶기 위해 최대한의 전투를 펼치는 것.

　〈신성 연합〉의 작전 수행은 크게 벗어나지 않았다. 벗어난 것은 적의 수준뿐이었다.

　"가, 강해요! 확실히 저번의 키메라와는— 크앗!"

　"끄아아아, 바, 방어구가 녹는다! 〈산성 저항〉 스크롤로 버텨지지가 않아!"

　"힐! 여기 힐 조묵……."

　힐을 받기 위해 손을 들었던 유저는 그대로 키메라에게 먹혔다.

　새카만 덩어리에서 생긴 12개의 입이 기사의 사지 육신을 모조리 씹어 먹는 장면은, 단순히 한 명의 전력 상실이 아니라 주변의 사기 저하까지 이어졌다.

"〈허리케인 블루〉!"

"킷— 이, 이 정도의 독성이라니. 웬만한 유저들이 버티지 못하는 것도 일리가 있네요."

"그런 말씀 하실 때가— 크윽! 하지만 진짜 엄청난 힘이에요. 키메라 한 마리, 한 마리의 힘 자체도 강한 데다, 여러 마리가 협공까지 해서—."

기정은 토온의 뼈 방패를 들어 키메라의 팔을 쳐 냈다.

팔이라고 해도 둥글넓적한 오물 덩어리의 정수리 부분에서 튀어나온 것이므로 팔이라고 부르긴 어려웠다.

하물며 그런 팔이 여러 개인 데다, 그런 키메라가 곳곳에서 달려들고 있으니, 본능적으로 탱킹각을 잡는 기정의 감각을 어지럽히기에는 최적의 적이었던 것이다.

"〈화火: 팔정도八正道〉!"

태일의 검에서 여덟 개의 불꽃이 튀어 올랐다. 불똥은 곧장 키메라의 몸으로 옮겨졌다.

각기 다른 부위에서 타오르는 화염, 해당 키메라의 '약점'을 밝히는 불을 향해 태일의 찌르기가 번개처럼 행하여졌다.

"후우…… 필드 보스를 상대할 때나 쓰는 스킬로 겨우 한 마리, 게다가 매 키메라마다 약점의 부위가 다르다, 케이."

"끄으으으! 그러니까요, 태일 형님. 그리고 이 자식들은 우리를 포위하려는 건가?! 왜 이렇게 자꾸 앞으로 나아가려고만 하는지도 모르겠어요!"

방패를 앞세운 채 기정은 키메라와 힘겨루기를 하고 있었다.

기정의 말을 들으며 혜인이 고개를 갸웃거렸다.

'그래, 이상해. 이건 확실히 이상하다.'

기브리드의 키메라는 서진西進하고 있다.

그런데 지금도?

"보배 씨, 징경경 씨, 잠시 엄호 좀 부탁드리겠습니다."

"네? 엄호—."

"〈리버스 그래비티〉!"

전쟁 통 와중에도 자신만의 공간을 확보하며, 혜인은 바닥에 마법진을 그렸다.

아주 작은 마법진인 만큼 범위는 작았으나 혜인 자신의 몸을 띄우기에는 충분했다.

휘유우우우우우우—!

레비테이션이나 플라이와 달리, 공중으로 올라가는 한계가 없기에, 사용하기에 따라 더욱 높은 곳에서 지상을 살필 수 있는 스킬!

'……이런! 이건 마치—.'

그곳에서 혜인은 깨달았다.

거의 비슷한 시각, 지도를 살피던 루비니도 라르크에게 해당 사실을 전달하고 있었다.

두 사람의 정보는 곧장 라르크에게로 전달되었다.

라르크는 이를 악물고 에윈을 찾았다.

바로 곁에서 전투를 한다고 생각했어도, 시시각각 상황의 변하는 전장에서는 언제나 등을 맞대고 있을 순 없었으니까.

"총사령관님!"

마침내 찾은 에윈은 홀로 키메라 두 기를 상대하고 있었다.

군마까지도 키메라의 외형에 겁먹지 않고 발길질을 해 가며 견제하는, 인마일체의 실력!

라르크는 잠시나마 감탄하여 시간을 빼앗긴 자신을 자책하곤 그에게 보고하려 했다.

"드릴 말씀이—."

"후우, 적은 우리를…… 무시하고 있는가."

에윈이 이미 눈치채고 있는 특이 사항을…….

라르크는 호흡을 가다듬으며 더 정확한 상황을 보고했다.

에윈이 이 정도로 알고 있다면 어차피 둘 중 하나다.

"그렇습니다. 루비니와 혜인의 보고가— 적은, 기브리드는 저희를 포위하기 위해 움직이고 있는 게 아닙니다! 전투 상황에 들어가지 않은 키메라들은 저희를 무시하며 계속해서 서쪽으로 나아가고 있다고 합니다."

이것을 막을 획기적인 방법이 있거나.

"……그런가."

또는 손을 놓고 지켜볼 수밖에 없거나.

에윈의 답을 들으며 라르크 또한 방향을 잡았다.

본인 스스로 말했듯 이제 와서 작전을 변경할 수는 없다.

"저희는 이 자리에서 최선을 다하는 것이겠죠?"

"잘 아는군, 서 라르크. 눈에 보이는 게 100%의 기브리드라면— 즈마 시티 앞에 10% 미만의 기브리드만 도착하게 하면 되는 거 아닌가. 하물며 우리를 무시하고 간다면—."

"퇴각하는 적의 뒤를 잡는 그림이 나올 수도 있을 테니까요."

"이 적들을 상대로 그런 그림이 나올지는 의문이네만……아, 이건 자네만 아는 비밀로 해 두게."

강대한 키메라를 상대로는 발목을 붙잡는 것도 목숨을 걸어야만 겨우 가능할 거다.

에윈은 진중한 메시지조차도 긴장한 참모를 풀어 주기 위해 가볍게 말하며 눈을 찡긋거렸다.

평소와 다른 장난스러운 모습에 라르크도 각오를 마쳐야 했다.

'우리는…… 여기서 움직일 수 없을 거다. 그렇다면 결국—.'

이곳에 오지 않은 자들을 믿는 수밖에 없다.

라르크가 믿고 있는 오지 않은 자들 중, 한 사람이 신대륙 서부의 하늘에서 등장했다.

알렉산더와 베일리푸스 그리고 메탈 드래곤들이었다.

Geschoss 6.

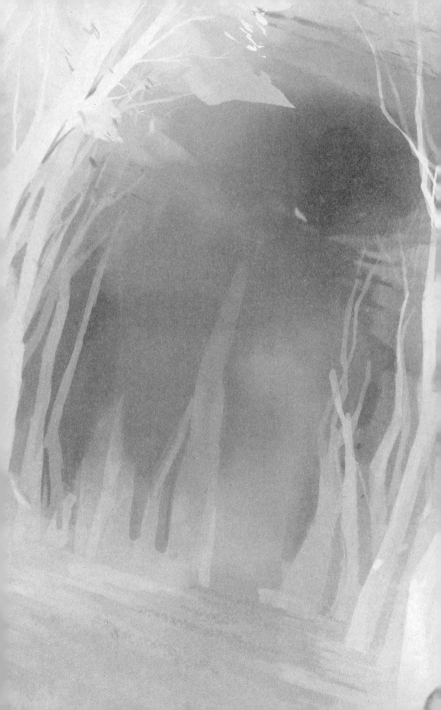

　드래곤 폼으로 등장한 메탈 드래곤은 무려 20기나 되었다.

　현재 전장에 카일이 나타났다는 낌새가 보이지 않는 데다, 그들이 등장한 곳은 전투가 벌어지고 있는 신대륙 중앙부에서 서쪽으로 더 떨어진 지역이었으므로 비교적 안심할 수 있었다.

　[키, 키메라가—.]

　[이것이 기브리드의 힘……. 과거 〈제2차 인마대전〉에 보였던 수보다 훨씬 많습니다.]

　[베일리푸스 님, 어떻게 하시겠습니까. 어림잡아 100만 기가 넘습니다.]

　이들도 기브리드의 키메라 무리를 보며 경악하고 있었다.

　어덜트 드래곤 이상의 드래곤들은 거의 모두 〈제2차 인마대전〉을 겪었다고 봐도 과언이 아니다.

그런 메탈 드래곤들조차도 놀랄 정도로 기브리드의 '생산력'은 과거보다 강해졌다.

[알렉산더.]

"……라르크에게 연락을 받았다, 교우여. 지금 보이는 것처럼 기브리드의 목적은 오직 마나 중계탑의 오염 또는 파괴뿐이라는군."

[그것은 충분히 알 수 있는 일이다. 마치 검은 파도가 인간 세계를 잠식하고 있는 것처럼 보일 지경이니까.]

그들은 신대륙 서부의 공중에서 바라보고 있었으므로 전황을 더욱 직관적으로 표현할 수 있었다.

온통 새카맣게 변해 버린 키메라 떼, 좌측 끝에서 우측 끝까지 퍼진 키메라들은 그대로 모든 대지를 검게 물들이며 다가오고 있지 않은가.

그 중앙에서 분전 중인 〈신성 연합〉의 군세도 만만치 않게 많았으나, 키메라들을 상대하기에는 어림도 없는 수였다.

[당장, 얼리겠소.]

[아뇨. 아르젠마트 님, 가실 때가 아닙니다.]

[음?]

저 많은 키메라를 상대하기 위해선 한시라도 빨리 움직여야 한다. 아르젠마트가 움직이려 했으나, 그를 막은 건 블라우그룬이었다.

알렉산더와 베일리푸스는 자연스레 그를 바라보며 물었다.

[생각이 있나, 블라우그룬.]

[네. 하이하 님께서는 말씀하셨습니다. 여러분들께서도 아시다시피…… 키메라가 많다지만 이곳까지 오면 움직일 수 있는 지형은 극히 제한됩니다.]

"……람화연이 만든 경계탑과 토성이로군. 팔레오들로 막을 수 있다는 의미인가."

블라우그룬은 지상의 곳곳을 가리켰다.

각 경계탑과 토성에는 팔레오들이 분산배치 되어 있었다.

그러나 블라우그룬이 말하고자 했던 건 팔레오들의 배치가 아니었다.

[아뇨. 단순히 팔레오들 때문은 아닙니다. 베일리푸스 님이 말씀하신 것처럼 저것은……하나의 '파도'입니다. 그리고 지상에 있는 경계탑과 토성, 하이하 님의 반려가 만든 것들은…….]

지상을 가리킨 블라우그룬의 손끝이 빛났다.

파츠츠츳!

전격계 스파크가 튀어 오르는 그것으로 블라우그룬은 허공에 그림을 그렸다.

눈에 보이는 지상이 거대한 그림판인 것처럼, 그가 손가락을 움직인 부위에는 푸른빛의 덩어리가 그려졌다.

곧이어 마나로 그려진 검은 덩어리들이 푸른 덩어리를 향해 움직였다.

그것이 키메라와 지상의 토벽을 의미한다는 건 알렉산더도 알 수 있었다.

그 움직임이 어느 정도 의도를 나타냈을 때, 메탈 드래곤들은 감탄의 신음을 내었다.

[오오…… 그런가.]

[텔레포트를 할 수 없으니, 그럴 수밖에 없겠군.]

[과연. 하이하의 반려가 처음부터 꾀했던 것은 이런 건가.]

"이건— 경계탑과 토성은 키메라들을 죽이기 위한 게 아니라……."

그것은 알렉산더도 마찬가지였다.

애당초 〈신성 연합〉의 회의에서도 들은 뜻이었으나, 상황이 이렇게까지 흐르고 나니 그것은 단순히 키메라를 상대하기 위한 설비를 벗어나 있었다.

블라우그룬은 고개를 끄덕였다.

[하이하 님의 반려는 이것을 '방파제'라고 불렀습니다. 키메라라는 거대한 파도의 움직임을 조금이라도 늦추고, 그 방향을 강제하여 힘을 뺄 수 있는, 그러한 역할일 것입니다.]

키메라라는 파도를 막기 위하여 곳곳에 설치된 방파제.

〈신성 연합〉의 요격군이 막아 내지 못한 수많은 군세는, 이곳에서 반드시 속도를 늦춰야만 할 것이다.

그렇다면 메탈 드래곤들이 할 일은 무엇인가.

[훗, 우리가 할 일은 키메라들을 '방파제' 방향으로 움직이게끔 하는 일인가.]

[하핫, 재미있겠군요. 인간들의 직업 중에는 양치기라는 게 있다던데, 지금은 저희가—.]

['키메라 치기'라. 로드께 말씀드릴 항목이 늘어나겠군.]

그들은 굳이 말하지 않아도 알고 있었다.

알렉산더는 고개를 끄덕이며 메탈 드래곤들을 바라보았다.

지상에 라르크를 비롯한 〈신성 연합〉의 검과 방패들이 있다면, 공중은 알렉산더 자신이 지휘하는 드래곤들이 있게 될 것이다.

"준비는 됐나, 나의 교우여."

[정의를 집행하기 위해선 별다른 준비조차 필요 없지, 교우여.]

베일리푸스의 답변에 만족스런 미소를 머금으며 알렉산더는 외쳤다.

"메탈 드래곤, 전원 산개하여 '방파제' 쪽으로 키메라를 몰도록. 〈융합〉."

—————————————!

"우욱!? 뒤에서 빛이—."

"하늘! 메탈 드래곤들이다!"

"좋았으, 알렉산더 왔나 본데! 그럼 뒤는 안심이지!"

아무리 퇴색되었어도 랭킹 1위의 이름은 여전히 빛이 났다.

유저들이 다시금 사기를 되찾고 있다는 것은 비단 그들의 대화가 아니어도 알 수 있었다.

───, ───, ───!

"끄아아! 이거 쏘는 놈은 역시 루거였어! PK 떴다!"

"망할, 쏠 거면 더 전방으로 쏴야지, 이러다 내가 죽겠네!"

루거의 짧아진 포격 간격은 곧 〈신성 연합〉이 다시금 힘을 되찾고 있다는 방증일 테니까.

루거의 포성에 반응하듯 키드의 몸놀림 또한 빨라졌다. 그러나 그의 움직임은 사기를 되찾았기 때문이 아니었다.

─, ─, ─, ─, ─, ─……!

"고로로로로로……."

순식간에 〈크림슨 게코즈〉 한 정의 탄환을 전부 토해 낸 후, 키드는 곧장 허리춤의 또 다른 〈크림슨 게코즈〉로 바꿔 쥐었다.

고전하는 다른 유저들에 비하면 키드가 키메라 한 기를 상대하는 시간은 매우 짧았으나, 정작 당사자에게는 그리 느껴지지 않았다.

'적어도 열두 발. 탄환의 소모값이 매우 큽니다.'

이하나 루거와 비슷한 수의 탄환을 소지하고 다녀도 그가 항상 알게 모르게 조급했던 이유였으며, 그럼에도 불구하고 이하나 루거와 비슷한 시간 동안 활약을 할 수 있었던 것은 모두 '적절한 분배' 덕분이었다.

삼총사의 머리라고 불릴 정도로 세심하고 두뇌 회전이 빠른 키드는 '싸울 때'와 '전황을 살필 때'를 구분할 수 있었으니까.

그런 키드의 판단으로 지금은 전황을 살필 때였다.

"캬하하하핫! 뒤져라, 뒤져라, 뒤져라!"

"그럴 때가 아닙니다, 루거."

"뭐야? 왜 왔지? 내 활약을 보러 왔나?"

루거는 콧김까지 뿜어 대며 흥분한 상태였다.

키드에게 당당하게 말하는 자태였으나 그는 흘깃흘깃 루비니를 바라보고 있었다.

물론 키드는 그런 것에는 신경도 쓰지 않았다. 그는 곧장 루비니의 지도를 가리키며 루거에게 말했다.

"여기 있다간 위험할 겁니다."

"내가? 푸핫! 내 '융단 폭격'은 먹혔어! 놈들이 지워졌던 지역 인근의 키메라들은 원샷—원킬급이라고!"

"그래서 홀로 100만을 상대할 수 있다는 의미입니까. 아니, 100만인지 아닌지도 알 수 없습니다. '아직도' 기브리드는 동쪽에서부터 쏟아지듯 몰려오고 있습니다."

"뭣—."

키드는 지도를 가리켰다.

키메라들은 요격에 나섰던 〈신성 연합〉을 무시한 채 서진하고 있다. 그 〈신성 연합〉의 과거 본진에 있는 자가 누구인가.

루비니의 지도를 보며 포격에 바빴던 루거다.

혼자였다면 홀로 포격하면서도 키메라가 다가오는 걸 알았을 것이다. 그러나 지금은 키메라의 형체가 또렷하게 보일 지경까지 되었음에도 스스로 깨닫지 못했다.

키드는 루거의 표정이 일그러지는 걸 보며 귓속말을 보냈다.

—루비니를 지켜야 합니다.

"뭐! 무슨—."

—소리를! 미쳤나, 너? 네 녀석'도' 안대녀에게 관심이 있었나?

루거는 눈알이 튀어나올 것 같은 얼굴로 키드를 보았다. 그리고 키드와 눈이 마주치는 순간, 곧장 시선을 돌려야 했다.

"지금 '도'라고 한 겁니까."

정작 '무슨 소리를 하는 거냐'는 얼굴로 자신을 바라보고 있던 게 키드였으니까.

키드의 입꼬리가 스르르 올라갔다. 그는 모자를 눌러 쓰며 다시금 전장으로 나갈 채비를 갖췄다.

─나'는' 그녀에게 관심이 없습니다. 뭐, 이런 상황에서도 그런 생각을 하고 있다면 〈신성 연합〉의 눈'을 지킬 수 있을 거라 믿습니다.

─꺼, 꺼져, 이 자식아! 네가 그런 말 안 해도 알아서 잘 할 거니까!

─그리고 카일은─.

슈와아아아……!

루비니의 곁에서 연보랏빛이 번쩍였다.

키드와 루거는 붉은 머리의 여성과 함께 나타나는, 검은 총 기를 든 남성을 보며 소리쳤다.

"하이하!"

"이 자식이 어디 있다가 이제야 엉금엉금 기어 오고─."

마침내 람화연에게 연락을 받은 이하가 인스턴스 던전을 클리어하고 이곳에 온 것이었다.

"뭐야, 루거야 그렇다 치고 키드는 왜 여기 있어?"

반가운 얼굴의 두 사람과 달리 이하는 그들에게 신경도 쓰지 않고 곧장 루비니에게 물었다.

"루비니 씨, 여전히 안 되는 거죠? 블라우그룬 씨도 기브리드만 따로 떼어 볼 수는 없다고 했는데."

"네. 지금은―."

그 이후로도 연보랏빛은 계속해서 번쩍였다.

네 번째 그룹으로 인스턴스 던전을 클리어하러 갔던 유저들과 드래곤들이 속속들이 도착했기 때문이다.

"키메라의 이동 방향은 서쪽입니다! 다짜고짜 전방으로 달려가지 마시고, 모두 제 지시를 따라 주세요! 이쪽으로!"

이하와 같은 시간에 도착했던 람화연이었으나, 라르크에게 들은 간단한 현황만으로도 그녀는 상황에 걸맞은 지휘를 할 줄 알았다.

이 중에서 가장 레벨도 낮고 별다른 스킬도 없지만 그런 건 람화연에게 중요하지 않다.

그 누구보다 빠른 상황 판단력과 행동력은 스틸 드래곤 젤레자마저도 엉겁결에 람화연의 뒤를 따르게 만들 정도였으니까.

키드와 루거는 그 모습을 보며 웃었다.

그들에게 '늦었다는 페널티' 따위는 적용되지 않을 것이다.

뒤늦게 도착했음에도 기존부터 싸우던 유저와 완벽한 합을 맞추는 모습!

그것이 바로 하이하와 람화연이라는 자의 힘이라는 걸 그들은 알고 있었다.

"카일의 총격은 포착되지 않았습니다. 하이하, 당신은 알 수 있습니까."

"으음, 스킬을 사용하면 되겠지만……."

〈마음의 눈〉의 쿨타임은 한 시간이다.

게다가 전투가 시작한 지 두 시간 가까이 지날 무렵임에도 카일이 나타나지 않았다면?

'화연이도 확신했지. 치요의 목적을 생각해 보자면…….'

이하 또한 알 수 있었다. 이하는 곧장 키메라들을 향해 블랙 베스를 들어 올리곤 다른 삼총사에게 말했다.

"카일은 오지 않을 거야."

"뭣!? 무슨 개소리를—."

"적어도 치요와 카일의 목적이 같다면, 지금 〈신성 연합〉의 세력을 줄이는 게 그들에게 도움이 되지 않을 거니까. 키드, 무슨 말인지 이해하지?"

"하지만 혹여 잘못되었다간 하이하 당신이 후회할 일이 생길 겁니다."

키드는 1초의 망설임도 없이 답했다. 그 또한 생각하고 있던 가능성 중 하나였기 때문이다.

이하는 자신에게 마음 써 주는 키드에게 왜인지 모를 따뜻함을 느꼈다.

만약 카일이 오지 않는다고 확신했다가 에윈 또는 그에 준하는 중요 인물의 사망 시, 이하가 자신을 자책할 것을 알고 있기에 한 말이니까.

"왜 나한테는 안 물어봐!"

"그건 괜찮아. 우선……. 우선 파악해야 할 것은 역시나 저
것들이겠지. 바로 가겠어. 〈마음의 눈〉."

옆에서 방방 뛰는 루거를 무시하며 이하는 곧장 스킬을 사
용했다.

장난스럽게 소리치던 루거였으나 이하가 '무언가를 파악하
기 위한 스킬'을 사용했다는 걸 눈치챈 순간, 그는 곧장 포격
자세에 들어갔다.

이하가 어딘지 알려 주기만 하면 된다. 힘으로 쫙 눌러 버
리는 건, 루거 자신이 할 일이다.

[스킬 사용 대상을 확인합니다.]

[사용 대상: 마왕의 조각 ─ 기브리드 / NPC]

[대상의 위치를 확인합니다.]

[시전자의 마음의 눈과 대상이 연결됩니다.]

찌이이이이잉……!

"음?"

평소와 달리 이하의 시야는 암전되지 않았다.

'아니, 아니다. 암전되지 않은 게 아니라—.'

눈앞에 보이는 숱하게 많은 주광색의 점 때문에 그렇게 느껴진 것뿐이다. 이하는 자신도 모르게 허리를 젖혔다.

무게중심이 순식간에 뒤로 쏠리며 뒷걸음질을 칠지도 모른다는 순간, 겨우 장딴지에 힘을 주어 자리에 버티고 설 수 있었다.

'기브리드야…… 이게 전부, 기브리드가 맞는다는 의미다.'

기브리드라는 하나의 개체가 보이는 게 아니다.

수없이 많은 비정형의 인공 생명체가 모조리 〈마음의 눈〉에 잡힌다는 뜻은 곧 키메라 전부가 기브리드라는 해석이 옳다는 뜻이 된다.

'정말로 기브리드라는 한 개체를 죽일 수는 없는 건가? 이 키메라를 다 죽이라고— 뒤늦게 뜬 이 퀘스트의 말처럼 실행해야 하는 거라고? 오백 기 미만은 봐준다지만— 사실상 다 죽여야 한다는 거잖아!'

뒤늦게 왔다지만 이하에게도 퀘스트 의뢰 창은 떴다.

특정 필드에 최초로 접근한 사람이라면 누구든지 참여할 수 있는 퀘스트이기 때문이다.

이하는 주광색의 점들을 자세히 살폈다.

〈신성 연합〉과 싸우고 있느라 그것들은 마구잡이로 움직이고 꾸물거리며 전진하는 중이었다.

〈마음의 눈〉에 적중되었을 때의 대표적인 특징인 가려움 따위도 느끼지 않는다는 듯 그들은 애당초 이하의 스킬을 무시하고 있었다.

=기브리드! 기브리드!

이하는 자미엘과 대화했을 때의 감각을 떠올리며 기브리드를 불러 보았다. 그러나 답변은 돌아오지 않았다.

—큭큭, 각인자여. 기브리드는 모든 키메라를 생산하는 둥지이자, 키메라 그 자체라는 걸 잊었는가. —

'그럼 이게 전부 기브리드가 맞는다고? 기브리드를 죽이려면— 눈앞에 있는 키메라를 모조리 죽여야 한다는 거야?'

블랙 베스의 목소리는 담담했다. 이하로서는 답답하기 그지없는 상황이었다.

〈마음의 눈〉을 써도 당장 또렷한 수를 낼 수는 없는 것인가.

—아직 나는 배고프다. 이렇게나 많은 기브리드의 피와 고기를 흡수한다면 내 허기를 조금이나마 달랠 수 있겠지. —

블랙 베스의 노리쇠 부분이 반짝거렸다.

마치 입맛을 다시는 것처럼 점멸하는 빛을 보며 이하의 머릿속에서도 무언가 생각이 났다.

저것들은 키메라다. 그러나 동시에 기브리드다.

키메라 한 기, 한 기가 기브리드라면?

'마— 〈마음의 눈〉 해제!'

이하는 곧장 스킬을 제거하며 키드와 루거를 돌아보았다.

상기된 이하의 얼굴을 보며 두 사람도 두근거리는 마음을 감추지 못했다.

"어떻게 됐습니까. 기브리드의 본체를 찾았습니까."

"네 녀석은 각도만 읊어! 즉석에서—."

"아니, 기브리드는 없어. 저게 다 기브리드야."

"—뭣!? 빌어먹을, [명중]이라는 타이틀이 울겠다, 그냥 반납해!"

"아니, 들어 봐! 저게 다 기브리드라고. 저 모든 키메라가 기브리드라는 게 무슨 뜻인지 몰라?"

투덜거리는 루거를 보며 이하는 언성을 높였다.

진지한 데다 심지어 초롱거리는 이하의 눈망울을 보며 키드와 루거는 동시에 냄새를 맡았다.

"우하하핫! 루거, 계속 포격해! 어차피 여기서 모든 키메라를 죽일 순 없지만, 최대한 많은 수를 줄여 보자고! 젤라퐁, 가자!"

[묘오오오오웅—!]

"뒤는 부탁합니다, 루거."

젤라퐁은 이하의 몸을 순식간에 날려 버렸다. 키드도 곧장 이하를 따라 움직였다.

"자, 잠깐! 이 자식들이 나만 두고……."

말 그대로 눈 깜빡할 사이에 키메라 떼를 향해 달려가는 그들을 보며 루거는 당장이라도 〈아흐트-아흐트〉를 해제하고 싶었으나 그는 그러지 못했다.

이하가 사라진 방향을 물끄러미 바라보고 있는 루비니가 있었기 때문이다.

"하이하 씨가 또 뭔가를 발견한 걸까요? 이번에도— 영웅처럼 우리를……."

'이번에도'라는 단어에 루거의 몸이 움찔거렸다. 그러나 이하가 그간 보여 준 활약은 루거도 당연히 인정하는 바였다.

지금 해야 할 것은 '질투'가 아님을, 루거는 잘 알고 있었다.

"흥, 놈이 뭔 짓을 하든 흔들릴 것 없다. 안대녀, 너는 지금처럼 지도만 보면 돼."

"네?"

이하와 비교해서 무엇한단 말인가.

자신만이 지닌 무기를 보여 주는 것. 그게 루거라는 남자의 길이었다.

"크흠, 어쨌든 여기로는 키메라의 피 한 방울도 튀지 않게 해 줄 테니까."

루거는 방아쇠를 당겼다.

루비니의 입이 무어라 웅얼거렸으나 폭성에 묻혀 루거에게는 들리지 않았다.

〈신성 연합〉의 유저들과 NPC들은 키메라들을 상대로 목숨을 건 싸움을 벌이는 중이었다.

실제로 기정은 카일이 혹시나 나타날 지 모를 때를 대비하여 〈공룡화〉만 사용하지 않았을 뿐, 이미 〈아홀로의 철퇴〉를 비롯, 수많은 신성력 스킬까지 전부 소모한 상태였다.

"퓨후우우, 킷킷, 이제 치댈 독도 다 떨어졌는데—."

"숫자는, 끄으으, 줄지를 않아요! 〈피어스 애로우〉!"

"발을 묶는 것도 한계입니다. 〈루트 인탱글Root entangle〉."

비예미와 보배, 징경경도 마찬가지였다.

벌써 몇 시간째 앞에서 몰려오는 키메라의 행렬이 끊이질 않는다.

그런데 에윈과 라르크는 〈신성 연합〉을 무시하고 지나가는 키메라들의 발목을 잡아야 한다고 말하고 있다.

단순히 한 방향만을 상대하기도 힘들건만, 자신을 포위하는 것도 아닌 적들까지 추격하여 싸울 수 있을까.

그들 모두 알고 있었다. 만약 기브리드가 〈신성 연합〉을 포위하고 죽이려 했다면, 자신들은 전멸했을 것이다.

오히려 '스쳐 지나가는' 와중이기에, 그나마 살아 있을 수 있건만, 겨우 살아난 목숨으로 적의 발목을 잡으러 가야 한단 말인가.

'하지만 해야 해. 하지 않으면—.'

'여기서도 못 막는 걸 즈마 시티에서 막을 수 있을 리 없어.'

'제기랄, 현실적으로 쿨타임 제한 같은 것 때문에 전력은 더 약화되었는데! 이제는 전면의 적을 상대하기도 벅차!'

그렇게 〈신성 연합〉이 앞에서 다가오는 적만을 상대할수록, 뒤로 넘어가는 키메라의 수는 기하급수적으로 늘어나는 셈이었다.

"괜찮아! 아직 괜찮습니다! 메탈 드래곤들이 사이드의 키메라들을 몰고 있어요! 놈들이 중앙 집중화될수록, 속도는 더 느려질 수밖에 없습니다!"

"후우, 다들 힘내세요! 제가 드릴 수 있는 건 이것밖에 없지만…… 〈수호성인의 방패〉, 〈수호성인의 검〉!"

라르크와 라파엘라는 에윈의 곁에서 최대한 유저들을 독려했다.

HP와 MP를 서서히 채울 수 있는 스킬을 쥐어짜듯 활용해 보아도, 어차피 스킬의 쿨타임이 존재하는 한 일반 공격과 일반 방어 외에는 이렇다 할 방법이 없는 게 사실이었다.

"많아도 너무 많아! 도대체 키메라가 몇 마리야!"

"젠장, 주변이 그냥 다 새카만 느낌이야 하수구— 아니, 그냥 똥통에 빠진 느낌이라고!"

〈신성 연합〉의 수도 적지 않건만 키메라는 도대체 얼마나 많은 것인가.

유저들이 학을 떼고 있을 때, 어디선가 이상한 장면이 포착되었다.

"음?"

"뭐야, 저건? 키드가—."

특정 전선에 배치되지 않은 채, 힘이 부족한 측으로 달려가 활약하고 있던 키드.

유저들은 이미 균형을 맞추는 키드의 존재에 대해 알고 있었다.

그러나 지금, 코트를 흩날리며 키메라와 싸우는 키드에게는 이질감이 들었다.

"왜……."

"키메라와 싸우고 있지?"

"당연히 키메라와 싸워야지, 그럼 누구랑 싸워!"

키드는 키메라와 싸우고 있었다. 현시점에서 너무나 당연한(?) 말을 한 것처럼 들렸지만 정작 입을 연 유저는 그런 의미로 말하고픈 게 아니었다.

"아, 아니! 그런 의미가 아니라— 키메라랑 싸우고 있다고! 아니, 젠장, 자꾸 그런 뜻으로만 표현되는데, 하여튼— 키메라와, 키메라랑, 싸우고 있다고!"

목청을 높여 소리쳤으나, 그 의미를 제대로 이해한 사람은 몇 명 없었다.

키드의 모습은 이미 사라진 다음이었다.

"하나 조졌―는 줄 알았는데, 젠장! 죽었는지 살았는지도 헷갈린다니까!"

기정은 방금 자신이 죽였던 키메라가 다시금 스멀스멀 일어나는 모습을 보며 기겁했다.

곧장 방패를 휘두르려 했으나 기정 또한 어떤 이질감을 느꼈다.

키메라가 자신에게 아무런 공격 의사도 나타내질 않고 있었다.

―기정아, 그거 내 거야!

"―어, 엥? 형?"

거기에 더해져 들려온 이하의 목소리는 기정의 동작을 멈추게끔 만들었다. '내 것'이라는 게 무슨 의미인가.

기정의 반응은 주변 별초의 유저들을 즐겁게 만들었다.

"하이하 씨가 온 거니, 케이?"

"키킷, 하이하 씨가 뭘 했대요?"

"하지만 이제 와서……. 어차피 늦은 김에 그 레이저 같은 거나 빨리 팡팡 쓰라고 해요!"

다들 투덜거리는 듯했지만 표정은 이미 밝아져 있었다.

하이하가 온다고 한들 상황이 극적으로 뒤집힐 수는 없다. 그러나 이하의 존재 자체가 이들에겐 즐거운 희망과도 같았다.

그런 유저들의 즐거움은 순식간에 박살 났다.

"으음…… 저걸 했나 본데요."

기정이 가리킨 방향을 보고 나서 이루어진 일이었다.

투콰아아아————————……!

어디선가 총성이 들렸다. 총성이 미처 끝나기도 전, 아무것도 없던 빈 땅이 반응했다.

"<u>효스스스스</u>……."

"키, 키메라가 태어났어!? 키메라가 만들어졌어!"

기정이 상대했던 건, 정확히 말하면 죽었던 키메라가 살아난 게 아니었다. 아무것도 없던 땅을 파헤치며 기어오르는 검은 생명체.

키메라는 새롭게 만들어진 것이었다.

그 키메라는 다가오는 또 다른 키메라를 향해 팔 또는 다리 또는 그 두 가지를 섞은 것처럼 보이는 촉수를 휘둘렀다.

"<u>효스스스스</u>—!"

"기게게게게게게……."

새롭게 만들어진 키메라와 기존의 키메라가 충돌하고 있을 때, 유저들은 갑작스레 하늘로 튀어 오른 유저의 실루엣을 보았다.

이하는 블랙 베스를 들고 어딘가를 가리켰다.

"〈방출: 기브리드〉!"

키메라를 만드는 게 기브리드의 가장 큰 특성이고, 보이는 모든 키메라가 기브리드라면?

총성이 다시 한 번 울렸다.

그제야 유저들은 문제를 풀 수 있게 되었다.

"하, 하이하다!"

"하이하가 만들어 낸 거야! 하이하가 키메라를 만들어 냈다!"

별초는 물론 〈신성 연합〉의 유저들 상당수가 그 장면을 보았다.

아무것도 없던 땅에서 만들어진 키메라가 기브리드의 키메라와 싸우는 모습을.

만들어진 키메라가 조금이라도 '밀리는 듯'한 느낌이 들면, 어디선가 검붉은 코트를 흩날리는 사람이 다가와 나눠서 들을 수조차 없는 총성을 내고 사라졌다.

새카만 기브리드에게 둘러싸여 빛을 잃어버린 〈신성 연합〉에게 있어, 그것은 한 줄기의 빛과 같은 그림이었다.

"이 미친 형!"

기정은 이름 없는 팔라딘의 검을 더욱 꽉 쥐며 소리쳤다.

젤라퐁의 탄성에 의해 공중에 잠깐 모습을 드러냈던 이하는 다시금 지상으로 내려온 상태였다.

그의 모습은 보이지 않았으나, 그의 목소리는 기정을 비롯한 별초에게도 들려왔다.

"기정아아아아, 아무리 그래도 형한테 미쳤다고!? 다 들려어어어!"

이하는 자신의 외침 때문에 비예미가 키메라의 촉수에 한 대 얻어맞았다는 사실은 알지 못했다.

"키드, 다음 구역은?!"

"남서쪽, 300m 전방입니다."

"오케이! 젤라퐁, 준비!"

[묘오오오옹—!]

이하는 주변에 보이는 키메라를 향해 곧장 발포했다.

기브리드의 키메라는 확실히 강력했으나 지금의 이하에게는 감히 비할 바가 아니었다.

'내가 열두 발을 꽂아 넣어야 하는 걸, 일발로 죽인단 말입니까. 아니, 단순 데미지의 문제가 아니라—.'

고전하고 있는 〈신성 연합〉의 유저들을 향해 가고 있는 정신없는 상황 속에서, 심지어 젤라퐁이라는 정체 모를 아이템이 자신의 몸을 공중으로 집어 던지거나, 땅으로 급격히 추락하는 상황 속에서.

이하는 거의 모든 키메라의 '즉사 포인트'만 맞추고 있었다.

키드는 웃으며 모자를 눌러썼다.

한 사람이 전쟁을 승리로 이끌 수는 없다.

그러나 전장의 분위기를 바꿀 수 있다는 것만큼은 분명했다.

키드는 키메라와 싸우고 있었다. 정확히는, 이하가 만들어 낸 키메라와 등을 맞대고, 기브리드의 키메라를 상대로 싸우는 중이었다.

"〈방출: 기브리드〉!"

투콰아아아————……!

이하의 활약은 에윈과 라르크는 물론, 알렉산더와 메탈 드래곤들에게도 곧장 전달되었다.

[하이하가…… 키메라를 만들어 내다니.]

[역시 하이하 님입니다! 그, 그나저나 키메라를 만들어 낼 수 있는 횟수는 분명히 제한적일 텐데, 지금이라도 연구를 하려—.]

[브, 블라우그룬! 머리! 머리 돌려라! 브레스!]

[—하아아압?!]

파츠츠츠츠츠츠츠……!

블라우그룬의 옆에서 날던 드래곤이 기겁하며 솟구쳐 올랐다.

겨우 때를 맞춘 블라우그룬의 전격계 브레스는 애꿎은 초지만을 태워 버렸다.

이미 '용인'의 지속 시간이 지나 다시금 분리된 알렉산더와 베일리푸스 또한 그 모습을 보며 헛웃음을 내뱉었다.

[재미있지 않나, 교우여.]

"음? 무슨 소리인가."

[언젠가 인간들의 아욕 다툼에서, 보잘것없는 무기를 앞세워 우리를 겨누었던 녀석이……]

"하핫. 그렇군. 국가전 때만 해도 이럴 줄은 몰랐지. 어느덧 정의를 집행함에 있어 없어선 안 될 존재가 되었나."

베일리푸스는 비록 AI지만, 알렉산더는 자신이 교우라 칭하는 파트너 드래곤이 자신과 같은 사고의 흐름을 지니고 있을 거라 믿었다.

어쩐지 벅차오르는 마음과 동시에, 역시 전쟁은 한 사람으로 끝낼 수 없다는 확신까지.

죽어 가던 〈신성 연합〉 유저들이 숨을 돌릴 수 있을 정도로, 이하의 활약은 분명 엄청난 도움이 되었다.

그러나 거센 파도가 이는 바다에 던져진 한 척의 잠수함일 뿐이었다.

파도는 가라앉지 않았다.

"더 크게 만들어 주세요!"

"이게 한계입니다! 아무리 저라고 해도, 이 정도의 빛 반사를 활용하는 건 무리가—."

"무리 같은 건 없어요! 더 크게, 이환 씨야말로 없던 토성도 만들어 낼 수 있는 유일한 인물이라고요!"

람화연은 이환의 앓는 소리를 무시하며 더욱 세게 다그쳤다.

이환은 물론, 곁에 있던 소환사 엘미와 무도사마저도 주눅이 들 정도의 목소리였다.

람화연은 곧장 그들을 보며 소리쳤다.

"엘미 씨! 놀고 있습니까!"

"아, 아뇨! 현재 소환수들이 키메라의 눈앞에서 어그로를 끈 후, 토성 쪽으로 이동 중입니다!"

"무도사 님은요!"

"당장 사용할 부적은 다 써서 어떻게 할 수가—."

"나가서 몸으로 때워요! 일단 키메라들의 전투 대상으로 어그로만 끌리고 특정 거리 이상 벗어나지 않는다면, 놈들은 무도사 님을 죽이기 위해 쫓아올 테니까."

"그러다 죽으면—."

"그니까! 죽지 않도록 토성과 경계탑이 있는 방향으로 도망치라는 거잖아요! 이해 안 돼요!?"

람화연이 네 번째 그룹의 인원들을 보자마자 생각해 낸 방법은 바로 유인이었다.

그들의 능력은 분명 전투에 도움이 되겠지만, 지금은 키메라 모두를 죽이는 것보다도 그들의 속도를 낮추고 전력을 약화시키는 게 중요하다.

전선을 길게 늘어뜨리는 것보다 똘똘 뭉치게 만들어 낭비되는 키메라를 만들어야 하며, 그렇게 만들기 위해서라도 메탈 드래곤들이 토성과 경계탑으로 키메라를 모는 것과 같은 일을 해야 한다는 점이었다.

환영술사 이환은 아무것도 없는 허공을 마치 거대한 스크린 삼아, 토성과 경계탑의 환영을 만들어 내었다.

키메라들이 그곳을 피해 움직이려고 방향을 틀면, 그쪽에는 실제의 토벽이 이어지거나 또는 엘미의 소환수가 키메라들을 유인하는 방식으로 연계 플레이를 하고 있었던 것이다.

그렇게 경계탑 쪽으로 키메라가 몰린다면?

"레드—고트! 놈들은 우리에게 닿지 못한다! 최대한 많은 키메라를 죽여라!"

"마왕의 조각에게 이 땅을 빼앗겨선 안 된다!"

붉은 염소와 흑두루미 팔레오를 비롯, 고릴라와 멧돼지, 보노보, 들소 등 신대륙 서부의 수많은 팔레오들이 경계탑 위에서 전투를 치르는 것이다.

쌓아 두었던 투척물을 집어 던지거나, 허리에 밧줄을 감아 지상에서 전력을 다해 싸운 후, 기력이 다했을 때 경계탑 위의 동료가 건져 올리는 등의 방식!

키메라는 람화연의 최초 예상처럼 텔레포트를 하지도 않았고, 경계탑을 부수고 그곳 위로 올라오려는 시도 따위도 하지 않았다.

설령 그러한 일이 생긴다 해도 경계탑 내에는 팔레오의 숫자 이상의 텔레포트 스크롤이 구비되어 있으니, 충분한 퇴로도 갖춘 셈이었다.

람화연의 전략은 틀림없이 효과적이었다.

팔레오들의 손해는 최소로 만들며 키메라들의 진격을 늦추고 또한 낭비되는 전력까지 만들 수 있었으니까.

그럼에도 '물'은 막아 세울 수 있는 게 아니었다.

'그렇게 많은 방파제를 세웠는데도…… 아예 댐처럼 막은 게 아니어서 소용이 없었다는 건가?'

만리장성에 비견되는 장벽 건설 또한 생각하지 않았던 게 아니다.

그러나 이번 작전에서 애당초 생각했던 건 기브리드를 따로 떼어 놓는 일이었고, 기브리드가 텔레포트를 할 수 있는 이상, 그러한 장벽 건설은 필요치 않다고 판단했다.

'물론 시간도, 자원도 부족했지만. 이래서야—.'

막을 방법이 없다.

이하가 활약하고 있음을 람화정의 귓속말로 들어 기뻤던 일도 잠시, 람화연의 속도 타들어 가기 시작했다.

그 최전방을 뚫고 지나온 키메라들의 수는 이제 걷잡을 수 없이 늘어나 서쪽의 즈마 시티로 향하고 있었기 때문이다.

—루비니 씨, 키메라들이 도달한 방어선은 어떻게 되죠?

—키메라의 선두는 4선 돌파, 5선으로 진입 중입니다.

—벌써? 후미는요? 키메라의 후미는…….

람화연은 신대륙 중앙부에서부터 즈마 시티까지, 대략 10개의 방어 전선을 나눈다 생각하고 경계탑과 토성을 배치했다.

당연히 10번째의 방어선이 뚫리면 그다음은 즈마 시티다.

—아직 2, 3선에 걸쳐 있어요. 메탈 드래곤의 몰이와 〈신성 연합〉의 전투 덕분에 2, 3선에서 시간 소요가 상당하지만— 차라리 텔레포트 가능한 지역이니까, 키메라의 선두 앞으로—.

—아뇨. 라르크도 그건 불가능하다고 판단하고 있어요. 벌써 상당한 물자를 사용해 버린 데다, 사망한 유저의 수도 많아요. 지금은 추격하며 싸우는 정도가 그들의 최선일 겁니다.

적을 다시금 정면에서 받아들이기엔 〈신성 연합〉 요격군의 누적 피해가 너무나 컸다.

키메라의 강함이나 수 등이 애당초 예상했던 것보다 몇 배나 많았으므로 어쩔 수 없는 일이었다.

만약 이하마저 제때에 도착하지 못했다면, 〈신성 연합〉의 상당수는 목숨을 잃었을 것이다.

'라르크의 말로는 에윈이 죽을지도 모른다고 했으니까. 불행 중 다행이라면 아직 〈하얀 죽음〉을 사용하지 않았다는 점. 널리 퍼진 전선 때문에 기회를 아낀 것이지만…… 결국 화정이와 하이하의 카드를 꺼내어 드는 건 즈마 시티의 앞에서야. 거기밖에 없어.'

즈마 시티에서 대기 중인 그랜빌과 몇몇 기사단이 있다지만, 이렇게나 많은 수의 키메라를 그대로 보낸다면 그들로는 절대 막을 수 없을 것이다.

그나마 가능성이 있다면 적이 몰려 있을 때, 다시 한 번 〈하얀 죽음〉의 기적을 보이는 것뿐.

―아, 앗? 지금…… 5선 방어선 앞에 누군가가― 누군가가 키메라와 싸우고 있는…… 아?

―네? 누군데요?

―엄청나요! 움직임부터― 자신들의 움직임도 있지만, 키메라의 움직임을 묘하게 만드는 능력이― 스킬도 안 보이는 것 같은데 어떻게?!

―루비니 씨? 식별은 가능한가요?

―저, 저는 안 되지만 루거 님께서 말씀하시길―.

―루거? 루거가 거기 있나요?

―네? 아, 네…… 어쩌다 보니……. 하, 하여튼 한 명은 이고르라고 합니다.

마탑의사수

"이고르!?"

람화연은 잠시 섬뜩한 느낌이 들었으나 곧장 침착함을 되찾았다.

5선 앞에서 나타났다면 경계탑을 무너뜨리는 짓거리를 할리가 없다.

무엇보다 키메라와 '싸우고 있다'면 마왕군에 붙었다는 의미가 아니지 않은가.

'조금이라도 더 시간을 끌어 주겠다는 의미인가…… 아!'

—이고르와, 그리고요? 또 누가 있나요?

생각을 가다듬던 람화연은 황급히 루비니에게 물었다. 그리고 들려온 답변에는 조금쯤 당황스러웠다.

람화연의 머릿속에선 오직 안 좋은 기억만이 남아 있던 남자였기 때문이다.

"캬하하하핫! 좋은데!? 엉? 아주 좋아, 말라깽이 자식!"

"우효호호호홋, 간단한 일이지, 키메라 따위의 화학적 특성을 분석하는 건 아~주 간단한 일이라고!"

—크로울리……! 그 미친 연금술사Alchemist!?

기브리드의 서진 예고를 인터넷에서 보자마자 곧장 연구에

돌입했던, 로페 대륙의 아웃사이더, 매드 사이언티스트.

　람 자매의 기분을 나쁘게 만드는 방법을 가장 잘 알고 있던 미친 과학자가 이고르와 함께 키메라의 앞을 가로막고 있었다.

Geschoss 7.

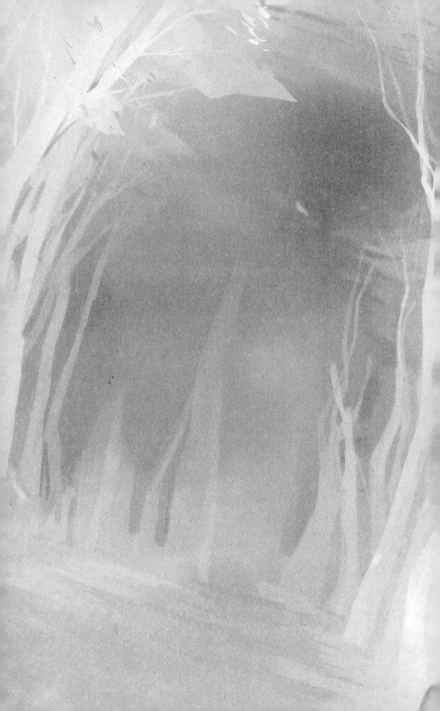

　—그, 그래서? 지금 이고르랑 크로울리가 키메라를 상대 한다고?

　—내가 거짓말을 하겠나? 아니꼬우면 와서 보든가.

　당황한 건 람화연만이 아니었다.

　루거는 본능적으로 방아쇠를 당기고 있었지만, 여전히 눈 앞의 상황을 제대로 이해하지 못하고 있었다.

　이하를 불러 조금이라도 해석을 시켜 보려 했으나 이하도 당장은 올 수 있는 상황이 아니었다.

　〈방출: 기브리드〉 스킬을 활용하는 것도 결국 MP 총량의 한계가 있었으므로, 어느 순간부터 오직 블랙 베스를 활용한 일반 공격으로만 싸워야 했기 때문이다.

—크으, 그러고 싶지만! 지금 이쪽도— 아니, 그래서! 상황이나 좀 중계해 봐!

—어따 대고 명령을……! 하지만 말해 주도록 하지. 나도 이 황당함에 대해서는 누군가에게 말하고 싶었으니까.

—어떻길래?

—키메라가 느려진다. 아니, 키메라끼리 '달라붙는다'라고 표현하는 게 옳을지도 모르겠군.

—무슨 소리야?

—바로 그걸 물어볼 참이다.

"거기, 미친놈! 뭘 어떻게 한 거냐!"

"우히히히힛, 키메라의 '표피'에 대한 연구 자료는 에즈웬에 아~주 많더군! 그렇다면 아무런 문제도 없지, 우효호홋! 아무런 문제도 없다고! 간단한 화학 반응만으로도 잡을 수 있다는 걸 모르겠나!? 하긴, 너희처럼 뇌까지 근육으로 이루어진 놈들이—."

"다섯 마디 이내로 설명해. 죽기 싫으면."

크로울리는 자신의 능력에 취해 마구잡이로 떠들어 댔다.

자신이 누구에게 말하는 지조차 잊은 그의 행동은 루거의 분노를 곧장 불러왔다.

포구를 눈앞에 마주하고 나서야 크로울리의 입은 조금 다물어졌지만, 어차피 루거가 당장 이해할 수 있는 건 아니었다.

―키메라의 표면 성분을 분석해서― 해당 화학 성분에 반응하여 상호 흡착할 수 있는 탄을 만들었다, 그것을 바닥에 깔아 두거나 광범위하게 퍼지게 만들면 바닥을 '기어 다녀야만 하는' 키메라의 특성상, 지면과 접착되어 쉽게 움직일 수 없게 되거나, 또는 키메라 상호 간 흡착되어 움직임이 둔해질 수밖에 없는―.

―뭐? 루거…… 맞으세요?

―제기랄! 놈이 뭐라고 지껄이는지 알아들을 자신 있으면 네가 오라고!

"우효호홋! 게다가 혈액이 강산성으로 되어 있다는 걸 알고 있는 이상, 염기성 제품을 무기에 도포할 수만 있다면! 한 번 베어 내는 것만으로도 녀석들의 혈액 성분이 꼬여 버리게 되는 거지! 키메라 특유의 강한 재생 능력 자체를 방해하며 막아 낼 수 있다는 거다! 그런 나의 천재적인 무기에― 저 근육뇌 남자의 운동 능력이 결합되면―."

슈아아아아――――――――ㄱ

크로울리의 헛소리에 맞춰 이고르가 검을 휘둘렀다.

속도를 잃고 공격 수단이 제한받는 키메라들은 〈신성 연합〉이 최전방에서 상대하던 키메라와 같은 개체라고 보기 힘들 정도로 약화되어 있었다.

"세 마리를 한 번에……."

아무리 랭킹이 떨어졌다지만 6위의 위력은 아직 죽지 않았다.

짜르는 이고르를 버렸지만 그의 무기까지 회수하지는 않았으므로, 이런 결과를 불러올 수 있었던 것이다.

루거는 이고르와 크로울리의 활약을 반기면서도 동시에 불만스러웠다.

"빌어먹을, 아직 내 건 보여 주지도 않았는지 별의별 놈들이 지랄이군."

"네?"

"……아무것도 아니다. 쳇."

루비니의 물음에 루거는 재빨리 고개를 돌렸다.

그런 그의 시야에 연보랏빛이 번쩍이는 게 들어왔다.

"흠!? 너는—."

루거는 곧장 〈코발트블루 파이톤〉의 포구를 돌렸으나, 새롭게 나타난 상대의 반응은 루거의 상상을 뛰어넘는 것이었다.

"너? 이런 건방진 개자식이…… 함부로 입 놀리지 마, 인간. 그리고 무기 치워."

"지, 지금은 그럴 때가 아닙니다. 크로울리! 당신이 무슨 짓을 했는지 들을 시간은 없어요! 이고르에게 나눠 줬던 걸 여기, 이분께도 주세요!"

"우히히히힛! 람화연인가?! 좋아, 얼마든 줄 수 있지! 하지만 람화정을 내 연구 대상으로 대여해 준다는 조건을—."

슈욱―.

폭탄을 맞은 것처럼 하늘로 뻗쳐 있던 크로울리의 머리카락이 뭉텅이로 잘려 나갔다.

그의 곁에는 루거조차 잠시 얼어붙게 만들었던 은회색의 머리가 찰랑거리고 있었다.

"아가리 닥치고 내놔, 인간."

"제, 젤레자 님!"

이고르가 활약하고 있다면 그것은 분명히 크로울리의 도움이 있을 것이고, 그렇다면 크로울리의 도움이 더해질 시 이고르 이상의 신체 능력을 지닌 젤레자가 활약하지 못할 리 없다.

유일한 걱정은 크로울리의 설득이었으나, 이제 그 걱정은 접어도 될 것이다.

미친 과학자라도 젤레자의 눈빛을 버텨 낼 순 없었다.

"이고르와 스틸 드래곤이…… 루거는 1등석에서 관람 중이겠습니다."

"낄낄, 아마 루거가 들으면 자기 무시하냐면서 방방 뛰겠지만. 하여튼 크로울리 그 인간, 인성은 완전 파탄자여도 능력 하나는 뛰어나다니까! 덕분에 5선에서 꽤 시간을 끌 수 있겠어!"

키메라를 몰아넣고 있는 드래곤들도 단순히 브레스만 사용하고 있는 건 아니었다.

키메라들을 최대한 뭉치게 만들어, 낭비되는 전력이 있게끔 하기 위하여 에인션트, 어덜트 드래곤의 슬로우를 비롯한 각종 디버프 스킬까지도 잔뜩 사용하는 중이다.

그 스킬의 지속 시간이 끝나기 전에 하필이면 크로울리의 '탄'을 만난 셈이었으니, 이고르와 젤레자는 물 만난 고기처럼 키메라들을 썰어 버릴 수 있던 것이다.

때마침 〈신성 연합〉은 전방의 적을 상대하지 않는 상황이 되었다.

"이제 전방의 적도 다 끝났잖아! 저 키메라들을 뒤쫓으면서 썰어 버리기만 하면 우리가 이기는 거라고요!"

"그러니까요! 다들 힘내서 갑시다! 5선에서 막아 주고 있다면, 우리가 지금부터 쭉 쫓아가며 키메라들을 죽이면 돼요! 그럼— 기브리드를 죽일 수 있어요, 퀘스트 클리어라고!"

즉, 기브리드의 마지막 키메라까지도 동부에서 빠져나와 중앙부를 지나쳤다는 의미!

어쩌면 서진하는 키메라를 추격하여 죽이기만 하면 되는 상황으로 변했기에 기정과 보배는 신이 나 소리쳤다.

"좋아아아아아쓰!"

"갑시다! 할 수 있어! 지금 내 주변에는 적 키메라보다 우리 키메라가 더 많을 지경이라고!"

그들의 기운찬 외침에 더해 현실적인 주변 상황은 최전방의 〈신성 연합〉을 달아오르게 만들었다.

　　이 모든 상황을 보고, 들은 라르크는 에윈에게 전황을 보고했다.

　　"남은 것은 추격전뿐. 그리고 5선의 방어는 몇 만의 군세가 막는 것 이상의 힘을 발휘할 수 있게 된 셈입니다, 총사령관님."

　　그러나 말을 하는 라르크도, 듣는 에윈도 오직 기쁜 표정만 짓고 있는 건 아니었다.

　　"4선이 뚫리기까지 조금의 시간은 벌었군."

　　"……그렇습니다."

　　하물며 서진하는 키메라의 뒤를 쫓으며 죽이는 건 어렵진 않지만 시간이 많이 드는 일이었다.

　　〈신성 연합〉을 완전히 무시하고 지나쳐 버리는 적이다.

　　검을 휘두르려 해도 더욱 빠르게 꾸물거리며 기어가는 녀석을 맞추는 것은 어려웠고, 그렇다고 적의 전방으로 돌아 들어가자니 키메라의 공격을 다시금 상대해야 했기 때문이다.

　　5선에서 시간을 끌어 주고 있다지만 중앙부에서부터 느릿느릿 5선까지의 적을 모조리 소탕하는 시간에 비하여, 5선에서 4선, 3선으로 키메라가 뚫고 나아가는 속도를 보자면 어느 쪽이 빠를 것인가.

　　아무리 활약한다 한들 운과 우연이 중첩되어 나타난, 잠깐의 행운일 뿐이다.

근본적으로 100만 이상의 군세로 추정되는 키메라들을 고작 서넛의 힘으로 막을 수는 없지 않은가.

라르크와 에윈에게 이야기를 듣지 않아도, 이하와 키드 그리고 혜인을 비롯하여 두뇌 회전이 빠른 유저들은 이미 계산을 끝낸 사실이었다.

"이렇게 시간 싸움을 해 봐야 패배가 명확해질 뿐입니다."

"……그렇겠지. 역시 유일한 수는 여기 있는 전력이 즈마 시티로 복귀, 빠르게 재충전하고 즈마 시티 앞에서 싸우는 것뿐이지만……."

"자잘한 스킬을 제외하고, 전력에 도움이 될 만한 스킬의 쿨타임이 돌아오긴 어려울 겁니다."

심하면 12시간, 24시간의 쿨타임을 지닌 스킬들도 있다.

하루에 한 번만 써도 엄청난 위력을 발휘하는 스킬들에게는 강력한 제한이 주어지기 때문이다.

그러나 일반적으로 많이 사용하는 스킬들이라면?

마법사들의 몹이 사냥이나, 레이드용 필살 스킬 등을 한 번씩만 재충전할 수 있어도 상당한 도움이 될 것이다.

"적어도 4시간 이상을 끌어야 합니다."

이하가 무슨 생각을 하고 있는지 이미 읽은 키드가 한마디 덧붙였다. 현재 상황에서는 4시간을 끄는 것도 쉬운 일은 아니다.

실제로 크로울리, 이고르, 젤레자가 활약 중인 5선은 키메라들의 발을 아주 느리게 했다지만 한두 마리씩 뚫고 나아가는 개체가 발생하기 시작했으니까.

'크로울리라고 아이템을 많이 챙겼을 리가 없지. 아니, 많이 챙겼다 하더라도 상대는 100만— 이제 숫자가 많이 줄었다지만 여전히 그 수는 60만이 넘을 텐데.'

도대체 이런 키메라를 어디서, 어떻게 죽여야 할까.

〈하얀 죽음〉을 사용할 수 있는 최적의 상황은?

'방파제에 몰려 있는 지금— 아냐, 아냐.'

이하는 고민하다 고개를 저었다. 현재 공중에서는 블라우그룬이 키메라를 보고 있다.

루비니는 물론, 루거까지 홀로그램 지도를 통해 키메라의 움직임을 보고 있다.

하물며 키메라들의 최전방에선 람화연까지도 상태를 살피고 있다.

세 부류 중 어느 한 쪽도 이하에게 〈하얀 죽음〉의 사용을 권하고 있지 않다. 시기적으로 적절하다고 판단되면 어느 쪽이 되었든 그들이 이하에게 언질을 주지 않겠는가.

'지금은 그저 여기서 싸우는 게 내가 할 수 있는 최선인가.'

이하는 방아쇠를 당기며 이를 악물었다.

키메라들을 벌써 몇 마리나 죽였는지 알 수 없다. 하지만 그건 결국 단순히 숫자놀음에 불과하다.

한 발에 하나.

그것으로 백만을 어떻게 상대한단 말인가?

"우선은 차근차근 움직이는 수밖에 없습니다. 하이하 당신이 스킬을 사용할 때가 될 때까지 참고 기다리는 게— 음? 무슨 일입니까."

이하의 곁을 빠르게 스쳐 지나가며 방아쇠를 당기던 키드는 뒤를 돌아보았다.

이하가 멍한 상태로 블랙 베스를 사용하지 않고 있었기 때문이다.

"하이하?"

"……키드, 여기 좀 맡아 줘."

"맡아 달라는 게 무슨 의미—."

"하여튼 최대한! 최대한 해 줘! 나는 가 봐야겠어, 대신 이거 두고 갈 테니까! 〈소울 링크〉!"

──────────────!

이하의 현재 레벨 가중치를 더하여 총합 436레벨을 자랑하는 막강한 화염 속성의 아군, '꼬마'가 곧장 응답했다.

새하얀 불을 온몸에 덮은, 새카만 털의 거대 곰은 이하를 바라보고 있었다.

"꼬마야, 키드의 지시에 따라 이곳에서 싸워 줘."

[지시에 따르라? 소울 메이트여, 그대의 권한을 옮기려고 하는 것인가.]

"으, 으음— 이번 한 번만이니까! 부탁 좀 할게."

꼬마는 이하와 키드를 번갈아 보았다.

거대한 곰은 곧 고개를 끄덕였다.

[……만족스러운 능력은 아니지만 나쁘지 않군. 알겠다, 소울 메이트.]

"큿— 자, 잠깐! 간다니, 어딜 간다는 말입니까. 지금 이 상황에—."

키드는 이하에게 물으려 했으나 이하는 벌써 수정구를 사용한 다음이었다. 이하는 키드를 보며 웃었다.

"뒤를 부탁해, 키드."

키드는 더 이상 아무런 말도 할 수 없었다. 소울 메이트까지 맡긴 이하의 모습은 곧 사라졌다.

키드는 모자를 푹 눌러썼다. 모자 아래의 입꼬리는 올라가 있었다.

그가 할 수 있는 말은 한마디밖에 없었다.

"갑시다."

[좋다. 기브리드라면 나의 계약자도 분노해 마지않는 적. 나는 한시적으로 너를 나의 소울 메이트 대행으로 인정한다. 전투에 대한 협조와 지시에 나는 따르겠다.]

꼬마의 말을 들으며 키드는 자신의 몸보다 몇 배나 큰 곰을 흘끗 바라보았다.

웃고 있는 그가 가장 먼저 꼬마에게 말할 수 있는 건 한 가지뿐이었다.

"그럼 나도 꼬마라 불러도 되겠습니까."

달려가던 레벨 436의 불곰이 잠시 멈칫했다.

수인화를 사용한 꼬마가 불길을 내뿜었을 때, 〈신성 연합〉 유저 모두의 눈길이 그곳에 쏠렸다.

"뭐, 뭐야!? 이프리트가 왜에에에에~?"

프레아의 외침이 공허하게 울려 퍼졌다.

"……저쪽…… 먼 바다에 무언가가 있습니다."

"음?"

그것을 가장 먼저 발견한 건 기사단원 소속의 NPC였다.

각국의 수도 방위 기사단들은 서로가 서로의 실력을 모두 인정하는 정도의 강자이며, 또한 유사한 능력치의 소유자들 이었으므로 그들 모두는 곧 '그것'을 볼 수 있었다.

"뭔가가 ― 움직이는데."

"하얀 거? 즈마 시티로부터 연락은 있었나?"

"없었습니다. 즈마 시티 쪽을 통과한 물체에 관한 건 물론 이고 ― 이곳, [부표]의 방위에 대해서는 특별히 내려온 지시 사항도 없습니다."

그런 4개국의 수도 방위 기사단 소속 NPC들이 혼란스러워

할 때에, 누군가가 웃었다.

부표에 있는 마나 중계탑에 비스듬하게 기대 누워 있는 미야우였다.

"부히히히힛…… 이미 키메라들에 의해 신대륙 '중앙부'가 뚫렸다고 하지 않았던가? 〈신성 연합〉은 역시나 멍청한 놈들 천지로군."

기브리드를 상대하는 퀘스트조차 참여하지 않았던 미드나잇 서커스의 단장, 뻬뜨르는 개전 소식을 듣자마자 이곳, 부표에서 대기 중이었다.

로페 대륙의 최강 암살 집단 수장의 자리에 있는 그를, 치안과 관련된 기사단 NPC들이 보고도 체포하지 못한 것은 역시나 〈신성 연합〉의 명령 때문이었다.

"……뻬뜨르, 너는 뭔가를 알고 있나."

물론 뻬뜨르를 내버려 두라는 명령일 뿐, 친하게 지내라는 의미는 아니었으므로 여전히 그들과 뻬뜨르 사이의 친밀도는 나아지지 않았다.

"마왕의 조각 녀석들도 신대륙 중앙부부터 신대륙 서부까지는 텔레포트가 가능해."

"그런 당연한 사실이 아니라—."

"당연한 사실조차 모르는 건 네놈들이지. 지금, 신대륙 중앙부를 지키는 자가 있나? 그렇다면 마왕의 조각들이 어떻게 움직일까? 뿌흐흐흐…… 어차피 놈들의 목적은 이것, 마나 중계탑의 오염이나 파괴잖아. 대가리가 안 돌아가나 보지?"

현재 신대륙 중앙부에는 아무도 없다.

〈신성 연합〉의 요격군은 키메라의 뒤를 쫓기 바쁘고, 기타 경계탑 및 토성에 배치되었던 병력들은 텔레포트 스크롤을 사용하여 후위의 방어선으로 이동했기 때문이다.

삐뜨르는 NPC들의 '알고리즘'이 돌아갈 때까지 잠시 기다려 주었다.

그러나 기사단 NPC라 하더라도 우선 반응하는 것은 역시나 '친밀도 시스템'이었다.

"너, 이 자식. 교황 성하는 물론― 국왕 전하의 명령이 있기에 지금 봐주고 있는 것뿐이다! 도를 넘는 발언을 할 경우 용서하지 않겠어!"

삐뜨르는 기사단원들의 분개를 들으며 웃었다.

저들이 저런 시스템으로 움직이는 이상, [미드나잇 서커스]가 검거되는 일은 결코 없을 테니까.

그들의 행동 방식에 감사하는 의미로 삐뜨르는 한마디를 더 얹어 주었다.

"부히히힛, 그전에 듣기나 해. 마왕의 조각들이 그러한 목적이라면, 신대륙 중앙부가 비어 있을 때 서부로 텔레포트 후, 그곳에서부터 최단거리로 이곳을 향하는 게 가장 확실하지 않겠나? 일반적인 항행이라면 20일도 넘게 걸리겠지만, 놈들이 만약 '다른 수'를 가지고 있다면 이상할 것도 없지. 아니, 특히나 '다른 수'를 가지고 장난치는 녀석이 마왕의 조각 중에 있으니까 말이야."

삐뜨르는 어째서 여명의 바다 중앙에 있는 이곳, [부표]에 위치하고 있었을까.

왜 처음부터 〈신성 연합〉의 전투에 참가하지 않았을까.

그는 이미 눈치채고 있었다.

"보, 보입니다! 먼 바다에서 보였던 건 새하얀— 배?! 아니, 배라기보다— 엄청난 속도로…… 움직이고 있습니다! 이곳을 향하는— 뭐, 뭔가 새하얀 자이언트?"

"새하얀 자이언트라고? 그게 무슨 소리냐! 여긴 바다 한가운데인데—"

"물 위를 달리고 있습니다! 어떻게!? 아니, 그보다 새하얀 건 뼈! 뼈입니다! 뼈로 만들어진— 저것의 머리에 앉아 있는 건……!"

슈와아아아악……!

부표를 포함한 광범위 공간 결계가 형성되었다. 그것을 누가 썼는지는 굳이 말할 것도 없었다.

"부히히히힛! 올 줄은 알았지만, 이건 또 서프라이즈로군! 뼈로 만들어진 데다 물 위를 달리는 거대 로봇!? 영화를 너무 많이 봤어, 피로트-코크리!"

삐뜨르가 처음부터 이곳에 있었던 이유는 오직 하나, 그녀 때문이었으니까.

"꺄하하하하핫—!"

뼈로 만들어진 거대한 로봇의 머리 옆에서 피로트-코크리가 웃었다.

그런 피로트-코크리의 반대편 어깨 위에는 리자디아가 꼬리를 흔들며 미소 짓고 있었다.

삐뜨르는 자신이 보고 있는 장면이 미들 어스에서 두 번은 볼 수 없는 것임을 깨달았다.

'높이 약 80m가량의 뼈로 만들어진 로봇이라. 부히히힛, 구플 개발진에 애니메이션을 좋아하는 놈이 있나 보군.'

심지어 그것은 물 위를 달리고 있었다.

도대체 어떤 원리로 이루어진 것인지 알 수 없는, 거대 로봇의 달리기를 보며 NPC들도 잠시 넋을 놓은 표정이었다.

"뿌흐흐흐, 상대 안 할 건가? 어처구니없지만 적은 고작 둘이라고."

삐뜨르의 한마디는 전국의 기사단 NPC들에게 불을 붙였다.

"큭— 전투 준비! 즈마 시티와 〈신성 연합〉에 현재 상황 보고! 전투 준비, 전투 준비!"

"미니스의 이름을 걸고! 우리는 서 라르크의 믿음 아래 이곳에 모여 있다! 물러서지 말라!"

"캘버린 포 장전! 적이 이곳, 부표에 닿기까지 걸리는 시간은 대략 1분 30여 초, 두 발은 쏠 수 있다! 장전하라!"

퓌비엘과 샤즈라시안 그리고 미니스와 크라벤의 수도 방위 기사단들은 제각기의 방식으로 전투에 대비했다.

전함에나 실을 법한 거대 포까지 동원한 크라벤의 기사단이 가장 반응이 빨랐다. 적은 물 위를 달려오고 있으며 무엇보다 거대하다.

"놓치지 않는다. 준비되는 포부터, 사격!"

"사겨어어어억—!"

———, ———, ———!

준비된 캘버린 포는 총 10문.

열 발의 포탄은 순식간에 쏘아져 나갔다. 거의 완벽할 정도의 조준 실력이었다. 그러나 피로트-코크리와 파우스트는 움찔거리지도 않았다.

물 위를 달릴 수 있는 능력이 있다는 말이 어떤 의미인가.

휘이이익……!

"거, 거대 뼈 자이언트가—."

"날아올랐……습니다."

뛰어오를 수도 있다는 의미다.

기사단 NPC는 물론 삐뜨르마저도 잠시 그 황당한 광경을 바라보았다.

그림자가 부표를 덮어 버릴 정도로 높게 뛴 '그것'은 체공 시간조차 길었다. 문제는 단순 체공 시간이 아니었다.

만약 물 위를 달린다는 게 특정한 스킬에 의한 것이라면? 해당 스킬을 임시로 해제한 후 다시 사용할 수 있지 않을까?

만약 그렇게 된다면?

"부히히히힛, 빌어먹을! 〈파도〉가 오겠군!"

"꺄하하하하핫—! 먼지가 잔뜩 꼈을 때는 역시 물청소가 최고라고오오오!"

푸화아아아———————ㄱ!

그것은 부표의 전방 100m 남짓의 위치에서 물속으로 가라앉았다.

솟구친 물보라는 자이언트가 뛰었던 높이보다도 더욱 높게 치솟았다. 파도는 햇빛을 반사시키지도 않았다.

그저 검푸른 색을 자랑하며 부표를 잡아먹기 위해 쏟아질 따름이었다.

"마, 막아!"

"파도가— 해일이 옵니다! 해일이— 30초도 되지 않아 도착할 겁니다!"

"마, 마나 중계탑 근처로 빨리! 쉴드, 아니, 배리어를—."

덜컹…….

갑작스런 흔들림에 기사단 NPC들은 재빨리 자세를 바로 잡았다.

웬만한 고레벨 유저 이상의 스탯을 지닌 기사단의 무게 중심은 물론, 삐뜨르마저도 조금 휘청거릴 정도의 흔들림이었다.

"······파도가—."

"멀어집니다."

"뭐야, 어떻게—."

기사단 NPC들은 잠시 어리둥절했다. 가까이 다가오던 파도가 어째서 '멀어질 수' 있을까.

엄밀히 따지면 그것은 불가능하다. 그제야 삐뜨르도 깨달았다.

"부히히힛······ 네 녀석이 장난치려던 게 이거였나. 뭘 하나 두고 봤더니만······."

조금 전까지 아무것도 없던 곳에서 무언가가 꾸물거렸다.

기사단 NPC들은 즉각 경계 태세를 취했다.

아지랑이처럼 대기가 흔들린다는 느낌이 들었을 때, 그곳엔 작은 리모컨 형태의 아이템을 쥐고 있는 소년의 모습이 드러났다.

"역시 알고 있었군요. 저번에 눈이 마주쳤나 싶었는데도 아무런 반응이 없길래, 미드나잇 서커스의 단장도 속이는 데 성공한 거라 생각했는데."

"누, 누구— 아니, 당신은······."

대다수의 기사단 NPC들은 여전히 경계 태세였으나 미니스의 기사단원들은 갑작스레 모습을 드러낸 꼬마를 알아보았다.

"네 녀석이 부표의 곳곳을 돌아다니는 건 보고 있었지. 얼굴을 아는 녀석이길래 건드리지 않았을 뿐. 뿌히히힛, 하지만 대단한데."

삐뜨르는 섬의 가장자리 인근으로 고개를 돌렸다. 그곳에선 포말이 일어나고 있었다.

파도가 와서 부딪쳐 만들어진 게 아니었다.

"바다 한가운데에 둥둥 떠 있는, [움직이지 않는 섬] 부표를 움직이게 만들 줄이야."

대륙과 연결된 것도 아니고, 화산 섬도 아니지만 바다의 특정 좌표에서 움직이지 않는 섬, '부표'가 이동하며 만들어진 것이었다.

그리고 미들 어스를 통틀어 설령 드래곤이라도 생명체인 이상, 부표를 함부로 움직이게 할 정도의 마나를 운용할 수는 없다.

즉, 그것을 가능하게 만들 수 있는 건 생명체가 아닌 에너지원을 다룰 줄 아는 사람.

그중에서도 삐뜨르가 얼굴을 알 정도로 유명한 유저.

"대단할 것도 없죠. 인터넷에 기브리드의 서진 목표는 물론이고, 파우스트의 랭킹이 급상승했으니, 그걸 통해서 예측했거든요. 놈들이 마나 중계탑을 노린다면 즈마 시티와 부표뿐이고, 즈마 시티에 방어 세력이 있는 걸 저쪽에서도 알고 있을 테니, 반드시 주요 전력은 부표를 노릴 것이다. 다만 피로트-코크리라는 건 좀 예상 외였어요. 제 계산보다 스크류의 에너지원도 너무 많이 사용됐고. 그래도 뭐, 파도의 힘을 빼는 정도로는 괜찮을 거예요. 아참, 너무 멀리 가면 마나 중계탑이 제 역할을 못 하니까 어차피 주변을 도는 정도로 움직이는 게 한계이기도 하고요."

마공학자 알바가 삐뜨르를 바라보며 웃었다.

작다곤 하지만 마나 중계탑이 세워지고 백여 명의 병력이 상주할 수 있는 부피는 된다.

부표가 움직이며 만들어진 바닷물의 파장은 피로트-코크리가 만들어 낸 거대한 파도에 계속해서 부딪치며 그 힘을 상쇄시키는 중이었다.

"이건 대체……."

"뭐가 어떻게 돌아가는 건지—."

수도 방위 기사단급 NPC여도 중세 판타지가 배경인 미들어스의 주민이다. 그들로서는 도저히 받아들이기 힘든 전투가 바다 위에서 이루어지고 있었다.

피로트-코크리와 파우스트의 얼굴이 조금 구겨졌다.

"끼히히히히힛—! 재미있는 걸!? 하지만 내 '본 자이언트'에게서 얼마나 더 도망갈 수 있을까? 파우스트!"

"예, 피로트-코크리 님. 〈레이즈 언데드: 언더 워터〉."

파우스트는 바다를 향해 뼈 지팡이를 내밀었다.

새하얀 광택을 자랑하던 리자디아의 비늘에는 검푸른 반점이 곳곳에 묻어 있었다.

그것이 특정한 변화를 나타내는 점이라는 걸 깨달은 자는 아직까지 삐뜨르밖에 없었다.

일류 암살자는 기억력 또한 일류였으니까.

"부히히힛, 또 무슨 장난을 치려는— 음?"

"어라? 응? 응? 왜 안 움직이지?"

알바는 마치 R/C 카의 리모콘과 유사한 생김새의 조종기를 만져 보았으나, 부표는 자연스레 속도를 늦추곤 그 자리에 멈춰 버렸다.

그 미세한 차이를 알아낸 건 기사단 NPC들이었다.

"부, 부표의 아래에 무언가가 있습니다!"

"언데드— 대량의 언데드 물고기가 부표를 들어 올리고 있습니다!"

"이럴 수가!"

부표의 가장자리까지 가 스킬을 사용하고 검을 휘둘러 보지만 일반적인 공격으로는 상대가 불가능했다.

좀비 또는 스켈레톤화되어 버린 물고기들이 한데 뭉쳐 마치 뼈로 이루어진 거대한 고래가 되어 버리자 아예 상대가 불가능할 정도의 상황에 빠져 버렸기 때문이다.

"으음……. 이족보행 로봇은 실효성도 떨어지고 골조 형태라 놀랍긴 해도 강하지 않을 거라 생각했는데, 로봇 물고기처럼 뼈를 활용해서 섬을 들어 버린다는 생각은 저도 못 했네요. 하긴 생각해 보면 물 위에 떠 있는 형태니까 섬의 질량보다 큰 에너지를 가한다면 움직이는 거나 들어 올리는 거나 크게 다른 건 아니죠."

"부흐흐흐, 여유롭군. 상대할 수 있나?"

"어— 일단 방어 터렛을 설치해 놓긴 했었는데—."

알바는 리모콘에 붙은 다른 버튼을 눌렀다. 부표의 가장자리에서 무언가가 튀어 올랐다.

"도대체 무슨 일이……."

"시, 〈신성 연합〉 측에서 연락 온 것은 없나? 이 상황을 보고 드려야 할 텐데. 어떻게 설명해야 할지……."

기사단 NPC들은 이제 무슨 일이 벌어지는지 이해를 포기했다는 표정으로 그저 피로트-코크리와 파우스트를 노려보고 있었다.

'터렛? 터렛이라면……현대 방어 체계를 만들었다고?'

그것은 삐뜨르도 마찬가지였다.

크기는 그리 크지 않았지만 도대체 언제 이런 걸 만들어서 설치해 놓은 것일까.

삐뜨르는 알바가 몰래몰래 돌아다니는 모습을 보긴 했지만, 뭘 하고 있는지까지 파악한 건 아니었다.

그런데 부표 아래에 스크류를 부착하고, 곳곳에 이런 방어

형 설비까지 갖춰 놓았다니?

'은신 스킬도 없는 직업 주제에…….'

알바는 삐뜨르가 자신을 노려본다는 사실을 알 수 없었다. 그는 끙끙거리며 리모콘을 만지고 있었다.

"으음, 시간이 조금만 더 있었어도— 아니, 언데드로 된 적이라고 했다면 골조 형태의 적을 자동 추적하는 알고리즘을 짤 수 있었는데, 지금 당장은 수동으로 할 수밖에 없어서, 이익— 으으음—!"

기이이이잉—!

기계음과 함께 터렛들의 '총구'가 모두 준비되기까지 걸린 시간은 대략 15초.

부표가 움직였다지만 피로트-코크리의 '본 자이언트'가 부표에 도달하기 직전, 알바는 버튼을 눌렀다.

"〈본 쉴드: 레볼루션〉."

"끼히히히힛! 〈스피릿 배리어〉!"

부표를 향해 전속력으로 달려오던 본 자이언트에게 물리/마법을 모두 방어할 수 있는 이중 방어막이 덧씌워졌다.

―――――――――――――――!

"크윽, 이거라도 막아야 한다! 〈안티 매직 쉘〉!"

"〈포스 배리어〉!"

폭발의 후폭풍이 부표로 다가오고 있음을 인지한 기사단 NPC들이 즉각 방어 스킬을 사용했다. 알바는 그들의 뒤로 쪼르르 달려가 자신의 성과를 확인했다.

알바로서는 한숨이 나오는 결과였다.

"……레벨 240대 몬스터까지는 거의 한 방에 잡을 수 있을 정도의 에너지인데. 안 되네요."

"부히히힛, 당연한 소리를 하는군. 마왕의 조각과 싸워 본 적이 없나? 지금 그 정도의 힘을 10연속으로 쏟아 낼 정도가 아니면 저건 죽지 않아."

피로트-코크리와 파우스트가 만들어 낸 이중의 방어막은 쉽게 뚫리지 않았다.

하물며 알바가 만들어 낸 터렛은 그저 일회성 방어용으로 설정된 것이므로. 지속적인 공격조차 불가능한 것이었다.

부표 앞에 우뚝 선 높이 80m급 본 자이언트의 위에서, 피로트-코크리와 파우스트는 웃고 있었다.

"끼히히힛, 이제 다 했겠지!? 그럼 본격적으로 놀아 볼까나~? 누.구.를.언.데.드.로.만.들.까—."

"저한테 맡겨 주시죠, 피로트-코크리 님."

랭킹 3위로 올라서며 피로트-코크리의 힘을 나눠 받은 파우스트의 자부심과 뿌듯함을 볼 수 있는 부분이었다.

"부히히힛, 혼자서 감당할 수 있다는 건 자만이 아닌가 싶은데, 파우스트."

"삐뜨르, 너 같은 녀석이 두 명 더 있었으면 대충 밸런스가 맞았을 텐데. 아쉽군."

그 어떤 말을 들어도 전혀 흔들리지 않는다. 파우스트는 자신이 얼마나 강한지 인지하고 있었다.

그 증거로 파우스트는 피로트-코크리가 만들어 낸 본 자이언트에서 내려오는 중이었다.

암살자 직업군과 기사단을 상대로 굳이 '원거리'를 고수하지 않겠다는 자세, 삐뜨르가 먼저 치고 나갔다.

———, ———, ———!

"왁!? 어느새—."

알바는 자신의 곁에 있던 삐뜨르가 사라졌다는 걸 파우스트가 그의 공격을 막아 낸 시점에서야 겨우 눈치챘다.

미드나잇 서커스의 단장은 그 정도로 빠르고 강했다. 그러나 파우스트의 몸에는 그의 손톱이 닿지 못했다.

삐뜨르의 공격을 모두 막아 낸 것은 공중에 갑작스레 생성된 검푸른 물질이었다.

"뼛가루……인가. 부흐흐훗, 서프라이즈인데."

그것들이 파우스트의 비늘에 나타나 있던 검푸른 반점이라는 걸 삐뜨르는 알아차렸다.

방어용 아이템인지, 무엇인지는 모르지만 색으로 보아 마기와 결합된 일종의 융합용 아이템일 것이다.

그리고 네크로맨서가 방어용으로 활용하는, 특정 형체가

없는 아이템이라면?

"시티 페클로에서는 꽤 빚을 졌었지, 삐뜨르?"

파우스트는 미소 지었다. 삐뜨르는 마른침을 삼켰다.

당연히 그것은 공격용으로 변환도 될 것이다. 검은 물체는 형태를 바꿈과 동시에 삐뜨르를 향해 쏘아졌다.

"끼히히햐아아악————!"

여명의 바다의 중앙, 부표에서 찢어지는 비명 소리가 들렸다.

백텀블링을 하던 삐뜨르도, 파우스트를 향해 달려 나가던 기사단 NPC도, 몸을 숨기려던 알바도.

심지어 공격을 가하려던 파우스트도 멈칫하게 만드는 소리였다.

그럴 수밖에 없었다.

"피, 피로트−코크리 님……?"

비명은 피로트−코크리에게서 나온 것이었으니까.

본 자이언트 위에 올라선 피로트−코크리가 고개를 돌려 어딘가를 바라보고 있었다.

줄곧 웃던 그녀의 얼굴이 흉포하게 일그러졌다.

"하이하——————!"

마왕의 조각은 자신을 공격한 대상의 이름을 외쳤다.

Geschoss 8.

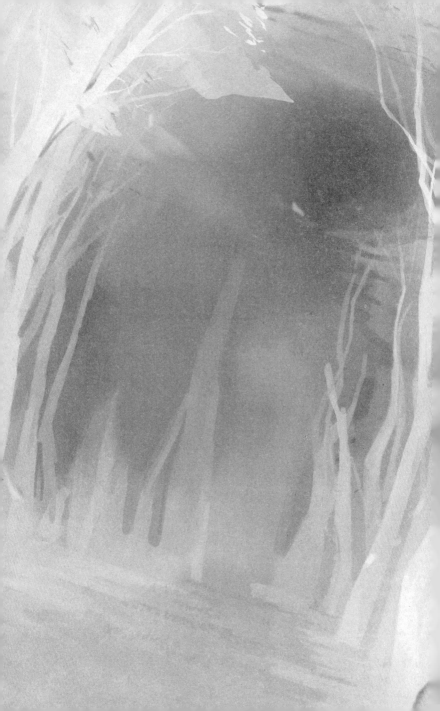

키드에게 '꼬마'를 맡기며 이하가 향한 곳은 즈마 시티였다.

"이하 씨? 어쩐 일이에요? 전방 상황이 조금 나아졌다지만 아직 한창 바쁠—."

"아, 그것보다 급한 게 있어서요."

"급한 거라뇨?"

즈마 시티에서 가장 높은 직위에 있는 자는 역시 NPC 그랜빌이었으나, 유저들을 이끌고 있는 건 신나라였다.

〈신성 연합〉의 참모인 동시에 그녀는 즈마 시티의 마나 중계 탑을 지키는 최후의 보루였고, 공격 쪽의 상황을 줄곧 확인하고 있던 그녀였기에 이하의 갑작스런 복귀는 의아한 일이었다.

"눈 여겨 보는 놈이 하나 있었거든요. 마왕의 조각은 양동 작전을 너무 좋아하니까."

"누가 따로 움직였었나요? 여기서 따로 잡힌 건 없는데……."

이하의 말을 들으며 신나라는 주변을 둘러보았다. 오라클 직업군은 루비니만 있는 게 아니다.

즈마 시티에서도 마왕군이 마나 중계탑에 소수의 급습 인원을 보낸다는 시나리오를 상정 후, 그곳을 지키고 있었건만, 양동이라니?

물론 양동 작전은 이곳이 아니었다.

"아마 걸리지 않는 지역을 지나쳐서 갔을 거예요. 아니, 어쩌면 마왕의 조각이 함께 있을 가능성이 높다고 봐야겠죠. 잡히지 않았을 거예요."

"여기가 아니라면…… 부표? 그리고 그쪽을 향했을 마왕군 소속은—."

"파우스트."

〈신성 연합〉과 함께 키메라를 상대하며 이하가 줄곧 눈여겨 보던 상대가 바로 파우스트였다.

갑작스런 랭킹 상승은 반드시 이유가 있을 것이며, 이번 기브리드의 서진과 마왕군의 목적에 기준을 두고 생각했을 때, 일어날 가능성은 하나.

'파우스트가 분명 무언가를 한다.'

람화연과 이하는 그 의견에 뜻을 모았다.

즉, 이하는 키메라를 만들어 내고 기브리드를 상대로 싸우며 쿨타임이 돌 때마다 〈마음의 눈〉을 사용하여 파우스트의 행적을 확인하고 있었다.

그렇게 그가 신대륙 서부로 움직이는 것을 포착한 즉시 키드에게 뒤를 맡기고 온 것이다.

즈마 시티가 아니라 신대륙 서부에서 움직이는 곳이라면 당연히 부표밖에 없다.

하지만 공격지가 부표라면?

자신이 부표로 텔레포트하여 가는 것은 스스로 페널티를 지는 셈이 된다.

늘어난 사정거리를 최대한 효율적으로 사용하기 위해서, 이하는 이미 준비를 마쳤다.

[하이하 님!]

블라우그룬은 이하의 이름만을 불렀을 뿐, 멈추지 않았다.

곧장 부표를 향해 날아가는 브론즈 드래곤을 보며 이하도 블랙 베스를 어깨에 메었다.

"그럼 저는 부표를 막아 볼게요."

"마왕의 조각과 파우스트가 있다면 이하 씨 혼자서— 아니, 블라우그룬 님이 함께 계셔도 힘들 텐데요."

"뭐, 우선 해 봐야죠. 그리고 아마…… 저 말고도 다른 사람이 올 거라서. 우선 저는 갑니다! 즈마 시티도 잘 부탁드려요! 〈파트너: 출두〉!"

신나라의 걱정을 뒤로 이하는 블라우그룬의 등 위로 올라섰다.

피로트─코크리가 파우스트와 함께 본 자이언트를 타고 부표로 달리고 있을 무렵부터 이하는 뒤를 바짝 쫓았다.

부표 인근에서 본 자이언트가 파도를 일으키고, 부표에 달린 스크류가 작동하고, 알바가 터렛 시스템을 조종하며 반격을 하던 시점 즈음엔 이미 이하도 고민을 마친 상태였다.

"기브리드를 먼저 죽일 줄 알았는데. 쩝. 피로트─코크리를 먼저 죽이게 될 줄은 몰랐네요."

[마왕의 조각은 쉽게 죽지 않을 겁니다, 하이하 님. 제2차 인마대전의 기억만 살펴도 녀석들은……]

"그렇겠죠. 저도 몇 번 상대해 보진 않았지만 쉬운 상대가 아니라는 건 알아요."

바람이 이하의 머리를 마구잡이로 흩날리게 만들었다.

블라우그룬이 전속력으로 비행하는 상황에선 이하도 목표물을 맞히는 게 쉽지 않다.

그러나 딱 한 발, 사용할 수 있는 게 있지 않은가.

"하지만…… 이번엔 다르지. 블라우그룬 씨, 거리는요?"

이하는 〈스나이프〉 스킬과 〈관절 고착: 상부〉 스킬을 사용했다. 블랙 베스의 총구는 이미 전방을 향하고 있었다.

[부표까지 남은 거리는 약 10.8km……. 10.7km…….]

순식간에 100m씩을 줄이며 블라우그룬은 거리를 재 주었다. 그의 말에 틀림이 없다는 걸 이하는 믿고 있다.

그렇다면 LRRS가 된 현재, 〈관절 고착: 하부〉를 사용하지 않은 자신의 최대 사거리에 비교만 해 보면 된다.

[10.6km⋯⋯. 10.5km⋯⋯. 10.4km⋯⋯.]

후우우우⋯⋯.

이하는 호흡을 가다듬었다. 이제는 〈마음의 눈〉도 필요 없다.

이미 전투가 시작되었다는 걸 신나라의 귓속말을 통해 들었다. 세이크리드 기사단의 눈앞에 목표물이 있다.

그렇다면 부표까지의 남은 거리를 그대로 적과 자신의 거리라고 봐도 좋을 것이다.

[10.1km⋯⋯. 그리고— 10km입니다.]

하아아아⋯⋯.

바람이 눈을 못 뜨게 만들 지경이었지만, 이하는 어쩐지 목표물이 보이는 것 같은 기분이 들었다.

'아니, 보이지 않아도 돼.'

중요한 건 적중하는 거니까.

"〈의지의 탄환〉."

투콰아아아—————⋯⋯!

이하는 방아쇠를 당겼다.

그로부터 약 12초 후, 이하는 피로트-코크리의 비명 소리를 들었다.

이하의 공격을 전혀 눈치채지 못하고 있던 피로트-코크리와…….

피로트-코크리가 비명을 지를 정도의 공격이 갑작스레 어떻게 이루어 졌는지 알지 못하는 삐뜨르, 알바, 파우스트와…….

〈의지의 탄환〉이 적중했음에도 피로트-코크리가 죽지 않았음을 확인한 이하까지.

지금 이 순간, 당황과 혼란을 쉽게 감춘 존재는 없었다.

"하이하————————!"

잠시 당황했던 이하의 눈에도 부표가 보이기 시작했다.

본 자이언트 위의 피로트-코크리가 자신을 분노에 가득 찬 눈으로 바라보고 있다는 것 또한 알 수 있었다.

"젠장, 즉사 포인트였는데 어떻게—. 〈커브 샷〉!"

이하는 곧장 방아쇠를 당겼다.

혼란스러운 와중에도 이하의 몸은 알아서 움직이고 있었다.

블라우그룬의 대략적인 속도와 부표까지의 남은 거리 그리고 이러한 바람 상태일 때, 블랙 베스의 세팅을 어떻게 맞춰야 하는가.

"크으, 〈본 쉴드〉!"

순간적인 상황에서도 피로트-코크리의 하체에 닿을 뻔했

던 탄환이었으나 마왕의 조각은 역시 만만치 않았다.

곧장 뼈 방패를 생성해 자신의 몸을 지킨 그녀는 이하를 향해 삿대질을 하며 외쳤다.

"재밌게 해 줄 오빠여서 봐주려고 했더니, 나를 정말로 죽이려 했다 이거지!? 이제 안 봐주겠어!"

까드드드득……!

그녀가 올라서 있던 본 자이언트의 신체에서 뼈들이 떨어져 나오기 시작했다.

이하와 블라우그룬에겐 결코 좋은 신호가 아니었다.

"브, 블라우그룬 씨! 선회! 더 이상 접근할 필요 없어요. 부표를 기준으로 큰 원을 그리면서—."

[알겠습니다. 하이하 님의 사격 조건에 용이한 환경을 만들 수 있도록 비행하겠습니다!]

"오케이! 그리고 기왕이면— 저것도 막아 줘요!"

[〈앱솔루트 배리어〉!]

피로트-코크리는 뼈로 이루어진 창을 내던지듯 그것들을 쏘아 냈다.

배리어를 만들어 낸 블라우그룬의 표정이 좋지 않다는 건 이하도 알 수 있었다.

제아무리 블라우그룬이라도 저것을 정면으로 맞는다면 결코 무사하지 못 하리라.

[꽉 잡으십시오, 하이하 님!]

"끄으으, 잡고는 있는데— 캐노피까지는 불가능해도, 안전벨트 정도는 있어야—."

[네?]

블라우그룬의 속도는 근대적 전투기라고 봐도 좋을 정도다.

그런 거체가 빠른 비행을 하는 와중 롤링과 급강하, 급상승, 브레이크 등의 움직임을 통해 피로트-코크리의 공격을 회피하기 위한 기동을 한다?

"부으으으으......!

[묘오오오옹—!]

거센 바람에 이하는 말조차 제대로 할 수 없을 지경이었다.

만약 안전벨트 역할(?)을 하는 젤라퐁이 없었다면 이하는 진작 나가떨어졌을 것이다.

쉬이이이이익......!

피로트-코크리는 마치 대공 미사일이라도 쏘듯 집요하게 공격을 이어 가고 있었다.

블라우그룬은 방어 스킬을 통해 그것을 적절히 막아 내곤 있었으나 마왕의 조각과 1:1 승부를 할 수 있을 정도는 아직 못 된다.

바람 소리를 뚫고 들려오는 적의 매서운 공격에 마침내 이하도 정신을 차릴 수 있었다.

가장 먼저 든 생각은 역시나 〈의지의 탄환〉에 관한 점이었다.

'어째서 죽지 않았지? 분명히 직격했어. 즉사 포인트에 적중했다는 의미잖아! 분신도 아니었고. 블랙 베스는 본질에 대한 타격, 설령 저것이 샤즈라시안 북부에서처럼 분신이었다 해도 반드시 본체에 대한 타격은 들어간다. 죽어야 당연한 일이었어!'

피로트-코크리는 비명을 질렀다.

이하를 바라보며 자신을 죽이려고 했다는 말까지 했다. 바꿔 말하면 분명한 데미지가 들어갔다는 의미다.

'즉사 포인트는— 물론 손가락으로 콕, 찌른다고 죽는 건 아니야. 특정 수준 이상의 데미지가 들어갔을 때, 몬스터의 잔여 HP와 관계없이 사망하는 포인트라는 의미지. 하지만……'

블랙 베스의 데미지가 부족했다고?

그럴 리는 없다.

만약 그런 것이라면 마왕의 조각에게 즉사 포인트는 아무 의미도 없는 셈이다.

'심지어 마왕의 조각들은 지금 약해진 상태일 텐데? 마왕에게 힘을 넘겨준 후, 아직 마왕에게 마기의 영향을 받지 못한 상태라고 교황이……'

마왕과 마왕의 조각.

힘의 배분.

그 순간 이하는 다른 생각이 떠올랐다.

마왕의 조각은 마왕을 부활시키기 위해 자신들의 모든 것을 바치려 했었다.

〈신성 연합〉의 목표는 그 일을 방해하여 마왕의 조각을 깨우는 것이었고, 비록 파우스트가 먼저 저질러 버렸지만 어쨌든 마왕의 조각이 마왕에게 '바치는 행위'는 그 순간 중단되었다고 알고 있다.

따라서 피로트-코크리는 피로트-코크리라는 개별 개체로 남게 되었으나, 동시에 그녀의 에너지 중 상당 부분은 마왕에게 전달되었다고 모두가 인지하고 있었다.

'만약에…… 그게 아니었다면!?'

마왕의 조각이라는 개별 개체들이 남게 되었고, 마왕이라는 존재도 나름대로 에너지를 전달받아 형태를 지니게 되었다.

여기까지는 인정할 수 있다.

하지만 이하가 생각한 건 그런 게 아니었다.

마왕의 조각과 마왕 간의 연결 고리.

에너지, 즉, 마기나 마나 따위를 포함한 모든 생명력을 마왕에게 연결하던 그 '고리'가 아직 이어진 채라면……?

'마왕의 조각에게 더 이상 즉사 포인트라는 개념은 없는 건가? 그들에게 마왕이 이어져 있어서? 그렇다면 〈의지의 탄환〉은─.'

그 어떤 마왕의 조각에게도 통하지 않는다는 뜻인가?

즉사 포인트라는 개념이 없는 생명체가 되었다는 뜻일까?

"끼히히힛, 언제까지 피할 수 있을까나~?"

본 자이언트의 뼈는 배리어에 부딪쳐 완전히 파괴되지 않는 이상, 그 힘을 잃지 않는다.

이하가 생각을 가다듬는 사이, 어느덧 블라우그룬의 뒤를 쫓는 유도 형식의 뼈의 창은 스무 개 이상으로 늘어나 있었다.

[크으, 하이하 님, 꽉 잡으십시오!]

"오어어어어어!?"

블라우그룬이 그대로 급상승했다.

그 뒤를 쫓는 뼈창들이 날아올 때, 블라우그룬은 기수를 완전히 반대로 틀어 급강하하며 선회하기 시작했다.

"스, 스파이럴 다이브?!"

[흐으으으으읍―!]

방어만으로 버틸 수 없다면 결국 공격해야 한다는 파트너 드래곤의 판단에, 이하는 놀란 입을 다물곤 곧장 피로트-코크리를 겨눴다.

즉사 포인트가 있는지 없는지도 제대로 확인이 불가했으나, 설령 있다 하더라도 통하지 않는다는 점은 확실하다.

그렇다면 더 이상 고민할 필요는 없다.

"즉사 포인트로만 죽일 필요는 없지, 〈다탄두탄〉!"

[푸화아아아―――――――ㄱ!]

블라우그룬의 전격계 브레스와 이하의 다탄두탄이 동시에 쏘아졌다.

지상에서 싸우고 있던 파우스트와 뻬뜨르, 알바, 기사단 NPC들이 허겁지겁 방어를 준비할 때에도 피로트-코크리는 웃고 있었다.

"얘들아아아아아~? 다시 '재조립'!"

피로트–코크리는 지휘하듯 팔을 흔들었다. 그것은 스킬이라고 볼 수도 없었다.

그녀가 올라서 있던 본 자이언트는 완전히 분해되어, 부표를 전부 가릴 정도의 초대형 방패로 재구성되었다.

제2차 인마대전 당시, 특별한 수하를 두지 않았던 피로트–코크리의 전매특허, '조립식 언데드'의 활용이었다.

————————……

—큭큭, 피로트–코크리의 맛도 느껴지지 않는군.—

"제길……."

다탄두탄이 일으킨 먼지와 블라우그룬의 브레스가 퍼뜨린 불똥이 전부 사라진 자리에는, 피격 흔적이 남아 있긴 했으나 원형을 거의 유지하고 있는 피로트–코크리의 뼈들이 나타났다.

블라우그룬을 쫓던 뼈마저 모두 그곳으로 돌아가 방어 태세를 이루고 있었다.

[하이하 님, 공간 결계가 있어, 더 안쪽으로 들어가게 될 경우 위험해집니다. 비행으로 빠져나올 수는 있겠지만 혹여 그

것마저 막힌다면······.]

"부표의 마나 중계탑을 먹히면 어차피 끝이에요. 에리카 대륙의 〈신성 연합〉은 저기서 모두 말라 죽어 버리고 말겠죠. 아까처럼 주변을 선회하며 공중 저격밖에 수가 없을 것 같은데. 괜찮겠어요?"

[크으······ 조립식 언데드의 운용도 제2차 인마대전 당시보다 훨씬 능숙해졌습니다. 이것 또한 에얼쾨니히와 관계가 있는 것인지······.]

가능하지만 그리 오랜 시간은 버틸 수 없다는 완곡한 답변이었다.

마나의 운용 면에서도 블라우그룬을 앞서는 마왕의 조각이었으므로 어쩌면 당연한 일이었다.

물론 피로트-코크리도 어느 정도 피해는 입었다.

그 태도는 장난스러웠지만 쏟는 힘만큼은 분명 최선을 다하고 있다는 걸 이하도 느끼고 있었다.

'하지만 변수가 없어.'

그나마 부표에 대기 중인 세력들이 변수가 되어 줄 수 있는 유일한 건인데, 피로트-코크리는 아예 그쪽으론 신경을 쓰지도 않았다.

백여 명의 수도 방위 기사단 NPC와 삐뜨르, 알바까지 가세한 싸움에서도 파우스트는 그리 밀리지 않고 있었기 때문이다.

파우스트는 마치 피로트-코크리처럼 지휘하듯 뼈 지팡이

를 휘둘렀고, 그때마다 부표의 인근 바다에서 언데드 몬스터들이 끝없이 기어올라 벌써 하나의 세력을 만들고 있었다.

'수도 방위 기사단이 언데드만 상대하기도 벅차할 정도로 강하다. 일시적인 버프인지 뭔지는 모르겠지만— 지금의 파우스트는 엄청나게 강해.'

심지어 그 와중에도 삐뜨르의 공격을 '자동으로' 막아 내며, 알바가 무언가를 꺼내어 방해하려고 할 때는 암 속성 디버프 스킬로 그를 견제하고 있지 않은가.

알바가 고이 쥐고 있는 것은 헬리콥터의 로터를 축소시킨 모양의 아이템으로, 이하는 그가 도망가기 위한 준비를 하고 있다는 걸 느꼈다.

부표 위의 지상 전투는 그 정도로 파우스트가 압도적인 상황이라는 방증이기도 했다.

"끼히히히히힛! 이게 전부일까나~? 아까 나를 놀라게 만들었던 그거, 한 번 더 못 쓰는 거야? 우우웅, 그럼 재미없는데!"

"놀라는 정도였나?"

"그럼 그럼! 에얼쾨니히 님이 아니었다면 큰일 날 뻔했단 말이지. 끼히히힛, 기브리드 오빠가 있기도 했지만."

마왕의 이름이 나왔을 땐 역시나, 하는 생각이 들었지만 이하도 기브리드의 이름에는 잠시 당황해야 했다.

지금 이 시점에서 기브리드의 이름이 나올 이유가 있을까?

'아니, 마왕의 조각과 마왕만 이어진 게 아니라— 마왕의

조각 상호 간에도 뭔가를 주고받게 된 건가?'

하나로 합쳐지다 다시금 분리된 상태에서는 모든 것이 뒤죽박죽되어 버렸다는 의미일까? 그러나 이하는 더 이상 생각할 수 없었다.

피로트-코크리는 곧장 말했다.

"만약 그걸 못 쓴다면…… 어차피 하이하 오빠랑 놀 맛도 안 나고. 에휴, 아쉽다. 아! 브로우리스라도 다시 만들어 볼까나? 끼히히힛, 나 말이지, 오빠랑 그 녀석이랑 만나서 어떤 대화를 나누는지 엄~청 궁금했단 말이야."

"뭐?"

그녀는 죽은 자를 되살릴 수 있다.

자신의 명령에 복종하는 언데드로 만들어 일으켜 세울 수 있다. 그런 점에 대해 '만든다'라는 표현을 할 수 있나?

피로트-코크리는 이하의 눈을 똑바로 바라보고 있었다.

"어땠어? 내가 만든 '가상의' 브로우리스는? 응? 기억은 그대로 남아 있는 것 같았는데, 오빠처럼 가까운 사람들도 눈치 못 챌 정도였나? 끼히히힛!"

"……만들었다고?"

"그럼, 그럼! 브로우리스는 되살릴 수가 없는 거였지! 놈의 기억이 남아 있던 물품이 아니었으면 아무리 나라도 그렇게까지 만들 수는 없는걸. 끼히히힛! 아무렴 마트—. 파우스트!"

이하를 보며 말하던 피로트-코크리는 황급히 고개를 돌

렸다.

웃으며 장난스럽게 말하던 그녀의 뜬금없는 변화에 이하는 잠시 당황했으나, 피로트-코크리는 파우스트를 부르며 어딘가를 향해 손짓했다.

"네, 넵! 〈본 스피어〉!"

슈와아아아악—!

지상의 파우스트와 공중의 피로트-코크리는 모두 한 지점을 향해 공격했다.

뼈 그리고 새카만 덩어리로 이루어진 그들의 공격이 향하는 곳에선, 공간에 금이 가고 있었다.

"음?"

[누군가가…… 공간 결계를 깨뜨리고 있습니다.]

"누구—."

"치잇, 파우스트! 마나 중계탑부터!"

"아, 알겠습니다! 피로트-코크리 님!"

갑작스레 변해 버린 분위기였으나 이하는 알 수 있었다.

이것은 기회다. 반드시 막아야만 한다.

〈의지의 탄환〉은 쓸 수 없다.

〈다탄두탄〉은 지금처럼 조립식 언데드를 활용해 막을 것이다.

그렇다면 해야 할 일은?

"〈마나 증발탄〉!"

파우스트를 향해 날아가는 것은 마나 증발탄.

검푸른 뼛가루들이 자동으로 방어 체계를 갖추었으나, 어차피 데미지를 입히기 위함은 아니다.

"이런― 제기랄!?"

피격 지점에서부터 반경 안에 파우스트가 들어 있는 한, 그의 마나는 모조리 타 버려 사라졌을 것이다.

"〈번 아웃〉, 〈커브 샷〉!"

두 번째로 격발한 무력의 정령의 힘이 담긴 탄은 피로트-코크리를 향해 날아갔다.

"이따위 것으로―."

피로트-코크리는 '조립식 언데드'를 이용하여 탄환을 막으려 했다.

자신의 등 뒤로 거대한 방패를 만들어 놓고 깨지는 공간을 향해 공격하는 마왕의 조각.

"카학……!?"

그녀가 다시 한 번 신음을 흘렸다. 피로트-코크리는 일그러진 얼굴로 이하를 바라보았다.

방패를 이루던 조립식 언데드들이 지상으로 우수수 떨어졌다.

[하이하 님……?]

놀란 블라우그룬이 이하를 불렀다. 이하는 아쉬움에 입맛을 다셨다.

"확실히 다섯 번을 휘게 만드니까 정확도가 떨어지긴 하네.

여섯 번 휘게 만들면 맞지도 않겠는데?"

[다섯 번이요?]

"저 프라모델 같은 조립식 뼈다귀가 어떻게 움직일지 몰랐으니까요. 흐흐."

〈의지의 탄환〉만 믿고 기다리지 않았다.

이하는 엘리자베스와 전투를 벌일 당시 그녀가 했던 말을 기억하고 있었다.

아직도 두 번밖에 휘지 못한다면 실망스러울 것이다, 는 그녀의 표현은 그냥 나온 게 아니었다.

그날 이후로 남몰래 연습했던 것 중 하나가 바로 〈커브 샷〉의 숙달이었다.

대미궁까지는 아니더라도 최소 열 번 이상 휘게 만들어 목표물에 적중시키고자 하는 개인적인 바람으로, 현재의 실력까지 온 것이다.

나름대로 숨겨 놓았던 이하의 또 다른 무기, 비교적 근거리에서 사용할 수 있는 다회성 〈커브 샷〉이 빛을 발했다.

"너— 너어……."

피로트-코크리는 언젠가 푸른 수염이 그랬던 것처럼, 곧장 기절하거나 쓰러지진 않았다.

그러나 바닥에 주저앉은 데다, 조립식 언데드까지 활용하지 못하는 모습은, 어느 정도 전투가 종료되었음을 알려 주는 것이었다.

쩌적, 쩌저저적―!

게다가 마왕의 조각과 파우스트가 처음부터 경계하려 했던 게 무엇인가.

공간 결계 내부에 새카만 점이 생겼다.

점은 공중에서 형성되기 무섭게 그 크기를 늘렸다.

이하는 비교적 최근에 허공에 생기는 새카만 구멍, 그 허무의 공간을 본 적이 있었다.

"바하무트도 용서할 수 없지만, 너도 그냥 지나갈 순 없음. 애초의 원흉, 너만큼은 용서할 수 없음."

검은 공간에서 사람의 형태가 불쑥 솟아났다.

곧 색을 되찾은 그 사람을 이곳에 있는 모두가 알고 있었다. 마왕의 조각 또한 알고 있는 유저였다.

"끼, 끼히히힛……. 열쇠를 지닌 인간인가~? 아, 아직 내가 말해 주지 못한 게 많은―."

"다무셈. 처음부터 네가 '반대로' 알려 줘서 내 상황이 곱창 난 거니까."

"끼히, 끼히힛― 그, 그건 네가 선택했던 일 같은데에?"

이지원은 피로트-코크리를 향해 걸어갔다.

이하의 〈번 아웃〉에 적중되었기 때문이지만, 부들부들 떨며 자리에서 주저앉은 채 이지원을 올려다보는 마왕의 조각의 모습은, 확실히 희귀한 것이었다.

"이젠 속지 않아. 〈솔 블레이드: 릴리즈〉."

"같이 합시다, 이지원 씨. 〈다탄두탄〉."

이지원이 도약하기 무섭게 이하는 방아쇠를 당겼다.

투콰아아아———————……!

피로트-코크리를 향해 두 개의 검은 무기가 날아갈 때, 새하얀 비늘의 리자디아가 그녀를 향해 달려갔다.

"피로트-코크리 님!"

파우스트는 피로트-코크리를 감쌌다. 이하의 다탄두탄이 먼저 적중되었다.

"끄아아아아앗—."

단말마와 함께 새하얀 리자디아는 점차 잿빛으로 변해 갔다.

마왕의 조각을 향한 그의 헌신(?)에 놀란 이지원과 이하가 잠시 분노를 잃을 정도였다.

"부히히히히힛, 완전히 미쳐 버린 게 아니라면…… 피로트-코크리가 죽었을 때, 파우스트도 힘을 잃는 무언가가 있겠지."

"그, 그렇구나. 이지원 씨! 그냥 갈겨요! 피로트-코크리의 목만 베면—."

삐뜨르의 냉철한 분석하에 이하는 소리쳤다. 그러나 시간은 이미 제법 흘렀다.

피로트-코크리가 생성한 공간 결계가 사라지고, 그녀에게 적용된 〈번 아웃〉의 지속 시간이 끝난 순간.

"빌어먹을 오빠들! 다음에 다시 놀자고!"

——————————————!

그녀는 사라졌다. 파우스트의 사체와, '조립식 언데드'까지 모두 챙긴 채.

"아⋯⋯."

이하는 잠시 아쉬워했으나 정작 수평 베기를 해낸 이지원은 그 정도로 아쉬워하지 않았다.

그는 자신의 검 끝을 바라보고 있었다.

이지원의 새카만 검의 끝에서 이질적인 기운이 타오르고 있었다.

"맞았음. 묻었음."

"얼레? 공격 통한 거예요?"

"⋯⋯."

이지원은 잠시 이하만 멀뚱멀뚱 바라보고 있었다.

아직도 대화 능력을 완전히 되찾지 못한 랭킹 2위의 유저를 보며 이하가 머리를 긁을 때, 에리카 대륙에서 귓속말이 전해졌다.

—부표는 어떻게 됐어? 여유 있으면 전부 다 데리고 와야 해, 벌써 3선까지 뚫렸어.

—3선!? 이고르랑 그쪽은—.

—역부족이었지. 게다가 약 15분 전쯤— 기브리드의 움직임이 빨라졌어.

—15분⋯⋯.

〈의지의 탄환〉이 피로트-코크리를 가격한 바로 그 시점이 아닌가.

피로트-코크리 스스로도 기브리드를 언급한 적이 있다.

'역시— 마왕의 조각과 마왕뿐만이 아니라, 마왕의 조각 상호 간에도 어떤 영향을 끼치기 시작했다는 거다. 젠장, 이런 적은 제2차 인마대전 때도 없었던 경우니 아무도 의심할 수 없었겠지.'

어쨌든 지금은 당장 막으러 가야 했다.

3선이 뚫렸다면 사실상 남은 방어선은 하나뿐이다.

2선이 돌파당하는 순간, 실제로는 즈마 시티의 마나 중계탑 앞에서 전투가 벌어지리라.

"삐뜨르 씨와 알바 씨는 이곳에 남아 주세요. 그리고 다른 분들은— 즈마 시티로! 이제 두 개의 방어선밖에 남지 않았습니다. 모두 이동해 주세요!"

이하는 곧장 수정구를 발동시켰다.

삐뜨르는 이하를 향해 가운뎃손가락을 치켜들고 있었으나, 그와 블라우그룬 그리고 이지원과 기사단 NPC 등등이 모두 사라진 이후에도 자리를 뜨지 않았다.

"부히히힛, 오늘 치 서프라이즈는 다 즐긴 것 같군. 아니, 뭐 보여 줄 게 또 남았나, 꼬맹이?"

"흐음…… . 삐뜨르 님의 속도와 연계할 수 있는 게 무엇이 있을까 고민 중인데요."

가방을 뒤적거리는 알바가 이곳에 있는 한, 삐뜨르도 함부로 돌아가진 않을 것이다.

"총사령관님."

"후우우……."

라르크가 절망적인 목소리로 에윈을 불렀다. 에윈도 한숨을 쉬는 것 외에는 특별히 답할 수가 없었다.

〈신성 연합〉의 요격군은 실제로 극악의 피해를 입은 것은 아니었다.

최초의 충돌에서 피해가 제법 컸다지만, 그들을 무시하며 지나가는 키메라들을 상대하기 시작한 이후부터는 소수의 사상자만이 나왔기 때문이다.

그럼에도 상황은 좋지 않았다.

"루비니는 이미 즈마 시티에 도착했습니다. 루거의 눈과 루비니의 눈에 의하면— 남은 키메라는 35만에서 40만 사이입니다."

적의 수가 많으니까.

키드는 어느 정도 확실한 수치를 제시해 주었다.

물론 현재의 〈신성 연합〉에게 35만이든 40만이든 별다른 차이는 없다.

"그걸 상대할 수단이 없어요. 당장 즈마 시티로 텔레포트해서 1선을 등지고 싸울 순 있겠지만—."

"이제 포션도 없어요. 마나 회복 스크롤도 다 썼고— 〈큐어〉는 스킬 레벨이 올랐을 정도라고요."

어차피 그 정도 수의 적을 상대할 방법이 없기 때문이다.

라르크와 라파엘라의 눈에는 끊임없이 서진하는 키메라 덩어리들과, 그들이 휩쓸고 지나간 '새카만 지면'이 보일 뿐이었다.

"총사령관님. 그리고 라르크 씨."

"형!"

라르크와 에윈 그리고 기정을 비롯한 별초가 있는 곳에 이하는 금방 당도했다.

블라우그룬도 제법 지친 얼굴이었으나, 주변의 메탈 드래곤에 비할 바는 아니었다.

키메라의 선두가 3선을 뚫고 있다는 것은, 최후미도 이미 '방파제'가 몰려 있는 6선 전후의 방어선까지 모조리 뚫렸다는 의미였다.

결국 더 이상 방파제로 키메라를 모는 것에 의미가 없다는 것을 깨달은 드래곤들도 온 힘을 다해 키메라 제거에 나선 상태였다.

60만에 가까웠던 키메라가 35만 전후까지 줄어든 것도 메탈 드래곤들의 활약이 있었기 때문이다.

"하이하 씨, 이거 본 적 있죠?"

라르크는 부표의 상황은 묻지도 않고 지면을 가리켰다. 이하는 까맣게 변한 땅을 보았다.

"이거…….."

"그저 키메라의 사체라고만 생각했지만 그게 아니라고 합니다. 하이하, 당신도 알고 있던 겁니까."

"응. 아니, 누구보다 잘 아는 건 루거겠지만."

키드는 몰랐으나 이하와 루거는 알 수 있던 사실이 또 하나 있었다.

그리고 만약 그게 맞는다면, 이번 기브리드는 죽일 수 없는 상대일지도 모른다.

"데미지를 대지에 흩뿌린다……? 브라운처럼?"

"〈오염된 세계수의 숲〉을 지난 시점부터 이런 게 남아 있었더군. 동부로 요격을 나갔을 때는 보이지 않던 점이었어."

"아…….."

〈신성 연합〉의 군세는 최초의 충돌 이후부터 파도처럼 끝없이 쏟아지는 키메라들의 진격을 맞고 버텨 내었다.

그들의 병력이 고스란히 드러난 이후부터는 그들의 후미에서 숫자를 줄이며 서부의 키메라들을 쫓기 시작했으니 그들이 〈오염된 세계수의 숲〉을 지나기 시작한 것은 그리 오래되지 않았다.

"람화연 씨와 경계탑에서 키메라의 사체가 없어지지 않는다는 보고를 받기는 했습니다만, 제기랄, 이게 사체의 잔여물이 아니라……. 그런 '현상'이라는 걸 아는 사람은 아무도 없었죠."

이 현상을 알아차린 건 〈신성 연합〉의 동부 요격군이 약 7선의 방어선까지 도달했을 시점이었다.

키메라의 최후미가 그곳에 있을 땐 이미 선두는 5선에서 이고르와 젤레자 등을 뚫어 나가고 있었으니, 그것을 발견할 틈도 없었던 것이다.

[분명히 말할 수 있는 것은 제2차 인마대전 때의 기브리드와 명백히 다르다는 점이다. 분명 브라운의 힘이 대지로 나누어지는 것은 보았으나……. 당시의 기브리드조차 그런 일을 할 수는 없었다.]

"아마도 마왕, 에얼쾨니히의 힘이 작용되었다고 볼 수밖에 없겠군. 그것도 아니라면 '오염된 세계수의 숲'의 서쪽에서만 쓸 수 있는 특정 조건이 있을지도 모르지."

베일리푸스와 알렉산더도 당황스럽긴 마찬가지였다. 이하는 황급히 그들에게 물었다.

"그럼 기브리드는? 줄고 있나요? 죽기는 하나요? 피해를 대지로 분산시킨다는 건, 브라운 때와 비교하자면─ 일반적인 공격으로는 '죽지 않는다'였잖아요."

"죽긴 죽어요."

"죽긴 죽는다?"

"그러나 수가 줄어들수록 키메라 자체의 HP가 증가하는 것처럼 느껴집니다. 12발에 한 마리를 상대할 수 있었던 게 1시간 전에는 36발, 지금은 40발을 넘게 박아 넣어야 합니다."

라르크와 키드가 각기 답했다. 기정도 한숨을 내뱉었다.

"죽었다 살아나는 거랑 뭐가 달라, 이게 키메라인지, 언데드인지…… 제길!"

기정은 까맣게 변해 버린 지면을 발로 찼다.

투덜거리는 그의 말을 듣던 이하의 머릿속에서 무언가가 번쩍였다.

"……맞아. 생각해 보니— 브라운은……. 피로트-코크리와 함께 만든 거였어."

"응? 형?"

브라운은 기브리드 혼자 만들어 낸 게 아니다.

원래 키메라라는 대지에 에너지를 나누는 일을 하지 못한다.

그런 일을 가능케 만들었던 게 누구인가.

"피로트-코크리! 섞인 거야!"

"무, 무슨 소리를—."

이하는 주변의 유저들을 빠르게 모았다.

브라운 사건을 알거나 겪은 자는 물론, 〈신성 연합〉의 요격군으로 활약했던 랭커와 주요 유저들을 보며 이하는 '부표'에서 겪었던 일을 말해 주었다.

근본적인 것은 역시나 마왕의 조각들에게 일어난 변화였다.

"마왕의 부활과 엮이며— 마왕의 조각들은 조금씩 변했을 거예요. 즉사 포인트를, 제가 낼 수 있는 '최대의 피해량'을 입고도 피로트-코크리는 죽지 않았다는 게 그 증거입니다."

"……태, 탱킹이 된 게 아니고?"

"아냐, 기정아. '완벽한 즉사 포인트'였어."

이하는 굳이 스킬이라 말하지 않았으나 모든 유저는 알아들을 수 있었다.

무엇보다 그들은 이하에게 '데미지가 부족했다'라는 질문 따위를 하지 않았다.

랭커고 아웃사이더고, 이하를 조금이라도 아는 유저들은 이하의 '최대 데미지'가 어느 정도인지 알고 있었기 때문이다.

하이하가 즉사 포인트를 찾아내는 스킬을 사용한 후, 최대의 데미지를 꽂아 넣었다.

부표에서 그런 일이 벌어졌다는 것만으로도 놀란 유저가 제법 많았건만, 그 행위로도 피로트-코크리를 죽일 수 없다는 점에서는 모두 충격을 받았다.

"마왕과 마왕의 조각들이 능력이— 으음, 그러니까 한 덩어리로 뭉쳐졌다가 다시 세 개로 재분배되며 뭔가 섞였다는 뜻으로 해석할 수 있을 것 같은데……."

"하지만— 근본 바탕 자체의 변동은 없었겠죠. 대체로 원래의 능력을 기본으로 두지만, 무언가가 약간씩 섞인 것처럼— 그런데 그런 일이 가능하다면—."

"제2차 인마대전 당시엔 마왕이 없었으니 알 수 없고, 그런 일이 '하위 개체'들에게 가능하다는 건…… 이미 마왕군 녀석들이 '2세대 몬스터'를 만들어 낸 점으로도 알 수 있죠. 상위 개체에서도 특정 조건만 형성되면 충분히 가능한 일이었을 겁니다."

이하 또한 그들의 대화에 놀란 입을 다물 수 없었다.

혼자서는 그저 사고의 미궁 속에 갇혀 있는 정도였건만, 이들은 순식간에 가설과 추론, 그리고 사고 실험을 통해 방향을 도출해 내고 있는 것이다.

그리고 현시점에서 생각할 수 있는 건 하나였다.

줄곧 입을 닫고 이야기를 듣던 에윈이 입을 열었다.

"역시 그냥은 죽지 않는군, 마왕의 조각 녀석들……."

"총사령관님."

라르크의 말을 들으면서도 에윈은 옅은 미소를 잃지 않았다.

총사령관은 자신이 타고 있던 군마를 조금 더 키메라들을 향해 몰았다.

"그래도 놈들이 합쳐지거나 하는 건 아니라는 걸 알았으니 됐네. 어쨌든 죽일 수는 있다는 뜻이지 않은가. 대지로 분산시키는 효력이, 개체 수가 적어질수록 진해지는 것뿐이니 말이야."

대지로 데미지를 퍼뜨리는 능력 100을 100만 기의 키메라에 골고루 나눠 줄 때와, 같은 100의 능력을 30만 기의 키메라에 나눠 줄 때, 개별 개체당 부여 능력은 달라질 수밖에 없다.

제2차 인마대전 당시 겪어 본 적 없으며, 브라운이 키메라화되었을 때도 싸우지 않은 에윈이었으나 그는 역시 백전노장의 사령관이었다.

"그렇습니다. 말하자면 총량이 고정되어 있고 계속 재분배……되는 식이겠죠."

라르크는 덤덤하게 말했지만 그 목소리에는 짙은 당혹감이 담겨 있었다.

그것은 이하도 곧 이해할 수 있는 일이었다.

개체 수가 줄어들수록 기브리드의 능력은 강해진다.

간단한 사실 뒤에는 숨은 말이 있다.

"키메라를 500기 미만으로 줄여야 퀘스트는 성공입니다. 그러나 그 전에……. 즈마 시티의 마나 중계탑에 기브리드가 도달할 확률이 높습니다."

키드는 완곡하게 설명했다.

〈그때쯤에는 그 누구도 기브리드를 상대할 수 없기 때문입니다.〉

잠시간의 침묵이 돌았다. 그것을 어떻게 상대해야 하는가.

로페 대륙에 아직 참전하지 않은 유저들이 있기는 하다. 그러나 레벨 100 미만의 유저들은 사실상 전력 외라고 봐야 한다.

남은 카드는 몇 개 없었다. 그리고 그 카드 중 한 장을 쥐고 있는 자가 바로 이곳에 있었다.

"시간을…… 끌어 보죠. 이미 방파제들이 대부분 뚫렸지만 키메라들이 '모이는' 장소는 아직 하나 더 남았으니까."

이하의 목소리는 낮았지만 힘이 있었다.

앞으로 그가 무엇을 할 것인가. 이미 예측한 유저들에게선 작은 전율이 일 정도였다.

"……람화정의 마나는 비축해 두어야 할 겁니다."

키드는 모자를 슬쩍 들어 올리며 이하를 보았다. 그의 얼굴에도 옅은 미소가 지어져 있었다.

이하는 고개를 끄덕였다.

라르크는 기지개를 켜고 허리를 좌, 우로 돌리며 스트레칭을 했다.

"뭐, 어차피 남은 수가 없어요. 여기 있는 인원들이 즈마 시티로 돌아가서 방어하는 게 최선이자 최후지. 그리고 저도 쉽게 킹을 눕히지 않는 성격이라."

그에게 기권은 없다.

체크 메이트를 당할지언정, 기브 업은 하지 않는 플레이어.

그의 말에 불이 붙은 건 기정이었다.

"당연하죠! 나도 공룡화는 못 쓰지만— 아직 괜찮아! 이제 키메라들의 산성 핏방울들이 어디로 튀는지 대강 감도 다 잡았다고요!"

"킷킷, 이제야 잡은 건 조금 늦은 것 아닌가 싶기도 하지만요."

"나도 꼼쳐 놨던 영웅급 화살, 아직 12발 남았어요. 우리가 안 하면 누가 하겠어. 안 그래요, 기정 씨?"

"그럼! 그럼! 그쵸, 혜인 형님?"

기정은 비예미와 보배의 말에 자신 있게 대답하면서도 물끄러미 혜인을 바라보았다.

그 배려에 혜인은 웃으며 고개를 끄덕였다.

"대부분의 유저분들이 오늘은 특급 스킬을 못 쓰겠지만—그럭저럭 대형 스킬들을 기준으로 2시간 전후의 쿨타임이 남았을 테니까. 녀석들이 마나 중계탑에 도달하기 전, 제1방어선에서 2시간여만 제대로 버텨 준다면, 최후의 전투도 해볼만은 하겠지."

전투가 시작한 이래로 줄곧 시간 계산을 놓치지 않던 유저는 현실적인 답변을 내놓았다.

그러나 혜인의 말은 결코 진실이라 볼 수 없었다.

라르크는 알고 있었다. 키드도 알고 있다.

람화연은 이 자리에 없었음에도 이미 계산을 끝낸 사실이다.

설령 2시간이 지나도 즈마 시티 앞에서 키메라를 전멸시키는 건 현실적으로 힘들다.

그러나 의욕을 불태우는 유저들을 앞에 두고 그런 말을 할 수는 없다.

"앞으로 두 시간. 바하무트 님께 전권을 위임 받은 메탈 드래곤의 수장 대행으로서, 우리도 최선을 다할 것을 약속하지. 개체 수를 줄이는 것보다 놈들의 발을 묶는 데에 집중하겠다."

알렉산더는 베일리푸스의 목에 올라타며 공중으로 치솟았다.

블라우그룬도 알렉산더와 베일리푸스의 지휘를 받으며 날아올랐다.

키메라들에게 아무런 공격도 받지 않아 그 수만큼은 처음과 동일하게 유지하고 있던 메탈 드래곤들.

그들 모두가 드래곤 폼으로 변신하는 모습은 〈신성 연합〉의 유저들에게 새로운 희망을 불어넣어 주었다.

"오오오오오———……!!!!"

"어떻게든 해 보자고!"

"싸울 수 있어, 아직 괜찮아!"

유저들의 외침을 들으며 에윈은 희미한 미소를 지었다.

그는 곧 〈신성 연합〉 전원에게 명령을 내렸다.

"전원, 즈마 시티로 복귀한다. 그랜빌과 합류 후, 마지막 방어선을 구축할 수 있도록."

모든 유저들에게 이 소식은 빠르게 전해졌다.

약 10여 분 후, 즈마 시티 앞에는 이하가 알고 있는 거의 모든 유저들이 모여들었다.

알케미스트 크로울리와 이고르는 물론, 이미 키메라들이 지나친 경계탑의 팔레오들까지 모조리 모여 있는 상황은 말하자면 '에리카 신대륙'을 지키는 최후의 방어선이었다.

그곳에서 대기 중이던 주요 유저는 물론 그랜빌까지도 모든 이야기를 전해 들었다.

부표에서 있었던 일을 비롯하여 현재 기브리드의 예상되는 상태와 그 능력까지도.

안대를 하고 있던 루비니도 놀란 표정임을 알 수 있을 정도로 경악스러운 사태에서, 이하는 천천히 작전에 대해 풀어 놓았다.

"—하고 나면 놈들은 분명 마나 중계탑 인근으로 모일 거예요. 그때…… 〈하얀 죽음〉을 사용해서 최대한 충격을 준다면 어떻게든—."

"아니, 그렇게 해서는 죽일 수 없다."

그 말에 반박한 것은 루거였다.

다른 유저들보다 이하와 키드가 놀란 얼굴로 그를 바라보았다.

루거는 인상을 찌푸리고 있었다.

Geschoss 9.

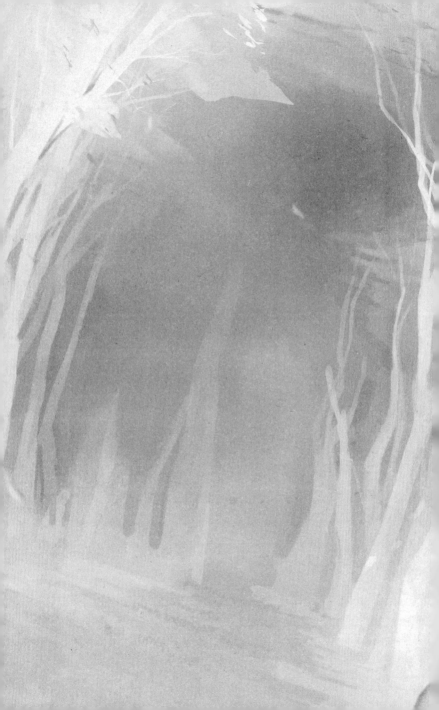

"이하 씨의 〈하얀 죽음〉이 통하지 않는다? 그럼 루거 씨는 죽일 수 있다는 말씀이세요?"

"무, 물론 루거 님이 브라운을 처치하신 건 맞습니다. 제 지도에서도……그 기적과 같은 일을 분명히 보았으니까요. 하지만 이번엔 수가……."

"루거 씨가 초반에 융단 폭격을 해 준 건 분명 큰 힘이 됐습니다만, 100만 개체보다 현저히 줄어든 지금은 아예 통하지 않을 각오를 하는 게 나을지도 몰라요. 아, 혹시 그 브라운을 먹어 치웠다던— 그 스킬을 광역으로 쓸 수 있는 건가? 아니, 설령 쓸 수 있다 해도 35만 마리가 뒤덮은 땅을 커버할 수 있을 정도가 아닐 텐데요."

신나라와 루비니 그리고 라르크가 말했다.

브라운은 분명 강한 적이었다. 하지만 기브리드와는 비할 게 아니다.

단순 개체당 비교로는 브라운 쪽이 강하겠지만, 이쪽은 줄여 나갈수록 강해지는 적이다.

최후의 한 마리까지 남길 수 있다면, 그 개체야말로 기브리드 그 자체. 브라운 따위와는 비교도 할 수 없이 강하지 않겠는가.

이미 충분한 설명을 해 놓은 셈이었으므로 다른 유저들도 사실 이하의 〈하얀 죽음〉에 많은 기대를 담고 있었다.

다만 루거급 되는 유저가 이 정도 생각에 도달하지 않았을 리가 없다.

이성적으로 완벽하고 계산적으로 충분하다 생각해도 어떻게 될지 모르는 게 미들 어스다.

그런 와중에도 믿을 수 있는 건 선천적인 재능이라고밖에 볼 수 없는 감각, 야성과도 같은 후각이다.

"빌어먹을…… 지금 쓸 게 아닌데."

루거는 작게 중얼거렸다. 그 말투에 이하와 키드가 방긋 웃었다.

"또 무슨 냄새를 맡았구만?"

"뭔가 생각이 있는 겁니까."

이하와 키드는 루거의 말을 결코 무시하지 않았다. 루거도 이하와 키드를 무시하지 않았다.

자신을 향해 묻는 두 사람의 얼굴을, 루거는 유심히 바라보았다.

오히려 그런 부분에서 이하와 키드가 조금 당황스러울 정도였다.

호기심 가득한 이하와 키드의 얼굴을 충분히 살펴보고서야, 루거는 표정을 풀기 시작했다.

이하는 아직 루거의 행동에 대해 정확한 이유를 찾을 수 없었다.

루거는 마침내 피식 웃으며 말했다.

"네 녀석들이 책임지고 멈추게 만들어라."

"음? 그게 무슨 뜻이지?"

"무슨 수를 쓰든 상관없어. 〈하얀 죽음〉이든 〈검은 죽음〉이든― 키메라 놈들을 특정 구역 안에서 움직이지 않도록 만들면 된다는 의미다."

루거의 말은 단순했다. 그러나 무게가 실린 말이었다.

람화연은 루거의 말 안에 숨은 뜻을 이해했다.

"루거, 당신의 스킬이 〈하얀 죽음〉보다 강하다고?"

〈하얀 죽음〉을 미끼로 사용하라는 뜻으로 루거는 말하고 있었다.

적어도 그 스킬의 강력함을 아는 유저들에게 루거의 제안은 쉽게 동의할 수 없는 것이었다.

그녀의 앙칼진 물음에 키드가 루거를 말리기 위해 바라봤지만, 정작 루거는 아무런 반응도 하지 않았다.

'음?'

평소 같으면 '그딴 당연한 질문을 하냐'라든가, '똑똑한 줄 알았더니 바보 천치가 따로 없군'이라며 한마디 쏘아붙였을 그가 어째서 조용히 있는가.

루거는 천천히 이하를 바라보며 입을 열었다.

"하이하의 〈하얀 죽음〉이 더 강하겠지."

진지한 그의 말에는 이하와 키드마저도 당황스러울 지경이었다.

'뭐 잘못 먹었냐'고 말하는 장난조차 걸 수 없을 정도였다.

이하는 자신의 강함을 인정하는 발언 속에서도 뭔가 다른 점을 찾아냈다.

그것은 자신감이었다.

"뭐— 뭐라고요? 근데 왜—."

"다들 착각하고 있군. 그 강한 〈하얀 죽음〉을 써서, 키메라의 수를 줄이면 뭐가 될 것 같나."

루거는 결코 패배감 따위로 이하를 인정한 게 아니다.

그것을 먼저 눈치챈 건 이하와 키드가 아니었다.

유저들 뒤에서 홀로그램 지도를 켜 놓고 있던 유저가 한 발자국 앞으로 나섰다.

"방법의 차이라는 거죠, 루거 님?"

기브리드의 서진이 시작된 이래 줄곧 루거와 함께 있던 유저, 루비니였다.

이하가 어떤 활약을 보였을 때에도 루거가 흔들림이 없을 수 있는 건 자신만의 방법이 있기 때문이라는 뜻.

루거는 루비니를 보며 입꼬리를 올리다 황급히 고개를 돌렸다.

"그, 그럼— 저기, 루거 씨의 말씀은…… 어, 그러니까— 35만 마리의 키메라를, 뭐 일시에? 한 번에? 즉시? 죽여 버릴 수 있는, 무슨, 뭐가 있다는 거죠?"

기정이 조심스레 물었다. 루거는 딱히 답하지 않았다.

키드는 모자를 눌러쓰며 한숨을 내쉬었다.

"놈들이 멈춰 있어야 하는 시간은 얼마입니까."

"10분."

"10분이라니! 저 녀석들은 어그로가 끌리지도 않아요! 오직 〈마나 중계탑〉으로만 서진하게끔 세팅이 되어 있다고 봐야 할 정도라, '방파제'고, '동부 요격'이고 전부 먹히지 않았던 거잖아요!"

루거의 답변에 람화연이 가장 먼저 나섰다.

자신이 만들어 놨던 '방파제'가 어느 정도 역할은 해 줬다지만, 그것들을 순식간에 뚫고 지나가는 키메라를 봐 왔기에, 그녀만큼 키메라의 '이동'에 공포를 느끼는 자는 없었다.

이하는 람화연의 어깨에 손을 짚었다.

"화연아."

"차라리 화정이의 힘이나, 다른 유저들, 드래곤의 힘까지 더해서 35만 기가량이 전부 포함될 정도의 초광범위 블리자드가 있으면 그걸로—."

"괜찮아."

"—……뭐?"

람화연이 자신을 믿고 있다는 것은 알고 있다.

단순히 연인 사이여서 믿을 뿐만 아니라, 철저한 계산이 깔려 있기에 나오는 믿음이라는 걸 알고 있다.

"믿을 수 있어, 루거는."

바로 그 점에서, 이하도 루거를 믿고 있었다.

루거의 야성과 본능만이 아니라, 그러한 본능이 어떻게 살아난 것인지 이하는 마침내 머리로 이해할 수 있었던 것이다.

다른 유저들은 알 수 없지만 삼총사이기에 알 수 있는 사실들.

함께했던 경험에서 우러나오는 그들에 대한 믿음.

이하의 말까지 나온 이후부터는 그 누구도 토를 달지 않았다.

이제부터 문제는 하나였다.

"넉넉잡고 40만 마리라……. 뭐, 구덩이를 파야 하나, 어쩌나?"

"2선도 돌파 당했고, 이제 한 20분 후면 선두가 보이기 시작할 텐데요."

남은 시간은 고작 15분. 그 안에 키메라들을 10분간 움직이지 않게 만들 방법을 찾아야 한다.

"흐으응, 그거라면 제가 도울 수 있을 것 같은데요. 여기, 대지술사 여러분들도 제법 계실 테니까."

"……프레아 씨?"

가장 먼저 나선 건 하얀 눈의 정령사였다. 이지원은 주변을 바라보았으나 입은 열지 않고 있었다.

루비니의 홀로그램 지도가 새빨갛게 물들기 시작했다.

최후의 방어선은 〈마나 중계탑〉으로부터 약 1km, 즈마 시티로부터는 고작 800m 전방이었다.

만약 이곳이 뚫리게 된다면 더 이상은 키메라와 마나 중계탑 사이에 '끼어들 공간'조차 없을 정도로 빡빡한 전선인 것이다.

"선두의 도착까지 약 3분여!"

루비니의 외침에 에윈과 그랜빌은 곧장 병사들을 독려하기 시작했다.

특히 에윈은 불과 15분 전후의 시간 만에 기적과 같은 일을 벌인 유저들에게 다가가는 중이었다.

"모두 전투를 준비하라. 하지만…… 정말이지 잘해 주었다는 말밖에 할 수 없군, 하얀 눈의 정령사."

"하아…… 하아……."

"우리도— 콜록, 잊지 말아 주십쇼, 에윈 총사령관님."

"물론이지. 설마— 이 짧은 시간에 이런 일을 해낼 줄은 몰랐군."

프레아의 곁에 뻗어 버린 대지술사는 300명이 넘었다.

타 속성에 비해 직접적인 공격 스킬이 많지 않고, 디버프 스킬은 암 속성 계통보다 효용이 좋지 않아 비인기 직업에 속하는 그들이었지만, 지금만큼은 그들이 주인공이라고 봐도 좋을 지경이었다.

"휘유, 진짜 이런 구덩이를 파다니…… 람화연 씨, 당신이 건설 업계도 지휘했었나?"

"기본적인 일 가지고 일일이 시비 걸지 말아요."

"으, 응? 시비는 아닌데—."

"어차피 전체 작전은 당신이 짰으면서 무슨. 자! 원거리 유저분들이 노릴 건 단 하나, 토벽 너머로 무기를 쏴 대는 겁니다! 그들이 이 구덩이에 빠진 이후, 올라올 만한 길은 이곳! 키메라로 따지면 한 번에 1천 마리가 미처 나올 수 없는 위치입니다! 탱커분들이 목숨 걸고 지켜 주셔야 해요!"

'구덩이를 파야 하나'라는 푸념에서 번개처럼 발안, 실행된 라르크의 작전은 문자 그대로 '구덩이에 묻어 버리자'는 것이었다.

이하도 프레아와 대지술사들의 '공사 장면'을 봤으므로 감탄을 금할 수는 없었다.

"대지의 정령왕이라니…… 진짜로 4대 원소는 정복했나 보군."

물론 대지의 정령왕을 불러내더라도, 90도 각도의 절벽을 만들어 마나 중계탑으로 다가오지 못하게 만들거나, 높이 100m, 길이 500km가량의 장성을 지어 내는 것은 대지의 정령왕의 힘을 빌어서도 할 수 없는 일이었다.

'아니지. 충분한 시간이 있으면 할 수 있다는 거였어. 뭐, 그래도 최소 몇 달가량이었겠지만—.'

그러나 할 수 있는 일이 있다. 단순한 경사로 수준으로 지면을 파내는 것.

프레아가 지면을 일부 꺼뜨려 거대한 경사로를 만들고 나면 그다음은? 대지술사들을 활용하여 출구를 한 곳으로 집중시키면 된다.

그 출구라는 곳의 넓이도 키메라 1천 기는 족히 나올 수 있을 정도로 넓었지만, 그래도 전선을 훨씬 좁게 만들 수 있다는 점에서는 충분한 효력이 있다는 판단이었다.

말하자면 지면의 높낮이와 대지술사의 간이 토벽을 활용한, 일종의 '깔때기'와 같은 지형을 만들어 버린 셈이었다.

'두 가지 불안 요소라면…….'

기존 즈마 시티에 있던 병력과, 약 20여 분 휴식한 동부 요격군을 합하여 키메라 1천기의 공세를 몸으로 막아 낼 수 있을 것인가.

그리고 지형의 높낮이와 토벽을 활용하여 키메라들의 움직임을 강제했다지만⋯⋯.

"선두 키메라, '깔때기'로 내려가기 시작했습니다! 주변의 키메라들도 아직까지는 예상된 지형으로 진입 중!"

과연 프레아가 만든 인공 지형 속으로 '모든 키메라'가 들어갈 수 있을 것인가.

모든 유저들이 마른침을 삼키며 마지막 전투에 대비했다.

이하 또한 탱커와 근접 딜러들의 뒤편에서, 블랙 베스를 들어 올리고 있었다.

—블라우그룬 씨.

—네, 하이하 님.

—준비 좀 해 줘야겠어요.

이하 또한 나름대로의 준비를 시작하고, 혹시 빠져나가는 키메라를 몰아넣기 위하여 소집된 발 빠른 유저들이 움직일 때.

"키메라들이 빠른 속도로 돌입! 약 삼 분의 일가량은 이제 다 들어왔습니다— 앗!?"

"왜, 왜 그러죠?"

"넓어요! 키메라들의 횡렬이 깔때기의 입구보다 더 넓습니다! 이대로 가면— 흘러나오는 키메라가 발생할 텐데⋯⋯."

예상했던 문제는 벌써 터지고 있었다.

루비니의 외침과 동시에 키드와 신나라, 페이우 등 발이 빠른 유저들이 곧장 튀어 나갔다.

그러나 그들이 도착하기 전, 이미 키메라들은 깔때기의 지형은 물론, 생성된 간이 토벽을 빙 돌아 움직이기 시작할 것이다.

만약 그렇게 된다면?

'설령 루거가 깔때기 안의 모든 키메라를 죽인다 해도—.'

살아남는 키메라가 생긴다.

대지로 피해를 분배하는 효력을 100에 가깝게 부여받은 키메라라면, 그 자체로 기브리드라 인정해도 될 것이다.

과연 그것을 상대할 수 있을 것인가.

"어차피 어그로를 끌 수는 없을 거예요! 차라리 빠져나온 키메라들을 전부 죽이는 게 나을 겁니다!"

"으음. 신 여사 님은 물론, 키드 소협 또한 강하긴 하지만, 이곳에 있는 서른 명으로 키메라 백여 기를 상대할 수는 없을 거요."

"죽음을 각오하는 게 좋을 겁니다. 우리가 만약 놓치기라도 한다면, 저 녀석들이 바로 '기브리드'가 되어 버릴 겁니다."

키드의 읊조림을 들으며 페이우는 더욱 박차를 가했다. 신나라 또한 이를 악물로 달렸다.

그러나 잠시 후, 그들은 멈춰 설 수밖에 없었다.

푸화아아아────────ㄱ!

"어? 어어어!?"

"저, 저게 뭐야!?"

깔때기의 출구에서 대기하던 유저들을 움찔거리게 만드는 것.

그것은 일종의 불의 장벽이었다.

불의 기둥들은 상호 연결되고, 연결되며 깔때기 바깥으로 흘러나가는 키메라를 막아 내는 중이었다.

"무슨?! 혜인 씨, 저 좀 올려 주세요!"

"아, 알겠습니다!"

혜인에 의해 공중으로 내던져진 이하는 곧장 그쪽을 살폈다.

신나라와 키드에게 귓속말까지 듣고 나서야 이하는 이번 일을 벌인 자가 누구인지 알 수 있었다.

그는 깔때기의 입구 방면에서 하늘을 날고 있었다.

검붉은 화염의 날개를 펼친 채, 불의 장벽을 소환한 자.

"……파이로?"

여전히 뱀파이어의 힘을 버리지 않은, 〈염마炎魔〉 파이로가 그곳에 있었다.

파이로는 공중에서 손을 하늘로 들어 올린 채, 부들부들 떨고 있었다.

　[갸아아아아아아아아!]

　"파이로! 당신이 어떻게……."

　날개는 펄럭이지 않았다.

　그의 등에서 솟아난 검붉은 화염의 날개는 날기 위함이 아니라, 그의 화염 속성 능력을 마기와 결합시켜 강하게 만들어 주는 역할일 뿐이었으니까.

　그래서 공중에 얼어붙은 듯 두 팔을 들고 선 파이로의 기세는 더욱 강하게 느껴졌다.

　[끄오오오오오오오옷—!]

　파이로는 유저들을 바라보지도 않았다.

　신나라는 홀린 듯 파이로를 향해 걸으며 소리쳤다.

　"파이로 씨! 내 말 들려요?! 어떻게— 어떻게 온 거죠? 게다가 그 모습이라면 여전히 치요의 힘을, 뱀파이어의 힘을 받고 있다는 뜻 같은데! 설마 치요가 보낸 겁니까!?"

　"더 이상 다가가면 위험합니다, 신 여사."

　페이우는 신나라를 붙잡았다. 더 이상 다가가는 것은 너무나 위험했다.

　토벽 건너에서는 키메라들이 꾸물거리며 지나고 있을 것이며, 토벽이 없는, 키메라들이 우회할 만한 자리에서는 감히 다가갈 엄두조차 안 나는 불의 기둥들이 타오르고 있었기 때문이다.

화르르르륵——————…….

"파이로 씨! 파이로 씨!"

신나라는 목청 높여 소리를 질러 봤지만 그녀의 목소리는 역시나 닿지 않았다.

타오르는 불기둥에서 나는 소리만으로도, 주변의 키메라들의 소음을 모조리 집어삼킬 정도의 크기였다.

일반적인 외침 따위가 닿을 리는 없는 것이다.

그럼에도 신나라는 계속해서 소리를 지르고 있었다.

잠시 호흡을 가다듬던 페이우가 입을 열었다.

[파—이—로—!]

쩌렁쩌렁 울린 〈사자후〉 스킬은 웬만한 불꽃술사 유저들의 스킬을 디스펠시킬 정도로 강한 힘을 지니고 있었으나, 눈앞에 있는 불기둥은 아주 잠깐 흔들리는 게 전부였다.

페이우는 불기둥의 강력함에 잠시 아찔했지만, 그의 노력 자체는 효과가 있었다.

파이로가 마침내 유저들을 흘끗 돌아본 것이다.

"파이로 씨! 만약 저희를 돕는 게 치요의 뜻이 아니라면! 당신 홀로 하는 거라면! 말씀해 주세요! 아니, 치요의 뜻이라면…… 치요가 어디에 있는지! 무슨 생각을 하는지 말씀해 주시면— 아."

그러나 신나라가 말을 미처 끝내기도 전 그는 다시 키메라들을 향해 고개를 돌렸다.

신나라는 애가 탔다.

페이우는 당장이라도 허공 답보를 사용해 그의 곁으로 가 대화를 나누고 싶었으나, 섣불리 시도할 수 없었다.

혹 그의 집중력이 끊겨 불의 장벽이 사라져 버리면 대참사가 일어날 테니까.

그것은 키드 또한 마찬가지였다.

이토록 거대한 범위에, 이토록 강대한 화염 기둥을 불러일으킨 파이로에게 대화를 시도하는 것은 모험이었다.

다만 키드가 다른 유저들과 다른 점은, 그가 먼저 대화를 걸지 않았다는 점이리라.

—우습게 보이겠지?

키드의 머릿속에 울린 건 분명히 파이로의 귓속말이었다.

키드는 모자까지 잠시 들어 올릴 정도로 놀라 파이로를 바라보았으나, 파이로는 키드를 쳐다보고 있지 않았다.

―……파이로?

―빌어먹을, 보이고 싶지 않았는데.

강렬한 스킬을 사용하기에 집중해야 함에도, 파이로의 목소리가 어떤 느낌인지 키드는 곧장 알 수 있었다.

그 목소리에 담긴 것은 안타까움이었다.

단순히 모습을 보였다는 것에 대한 아쉬움이 아니라, 더욱 깊고 진한, 자신의 행동에 대한 회한이리라.

―어째서 이러고 있는 겁니까.

―……쪽팔리니까.

―음? 쪽팔리다?

―젠장! 하이하를 역전하려고― 지랄이라는 지랄은 다 했지. 〈영웅의 후예〉라는 타이틀의 무게를 알면서도, 무슨 페널티를 먹을지 알고 있었으면서도 반드시…… 이기려 했었어.

키드의 머릿속에서 뿌드득, 하는 소리가 들렸다.

신나라나 페이우는 화염 기둥과 주변 환경에 빠져 보지 못했으나, 키드도 〈눈〉이 있다.

파이로의 입가에 핏줄기가 흘러내리고 있었다.

―그런데 생각이 바뀐 겁니까. 더 이상 하이하에게 이길 수

가 없다고 판단한 겁니까. 그래서 이제 우리를 돕고 있는 겁니까.

—아니! 그럴 리가! 하지만…… 뭔가, 뭔가 다른 생각이 들더군.

파이로는 하이하에 대한 열등감으로 인하여 마왕군으로, 치요에게로 각기 전향했었다.

무슨 수를 써서라도 강해져서 반드시 이하를 뛰어넘겠다는 열의, 그 생각 자체가 나쁜 것은 아니다.

키드는 알 수 있었다.

그것은 이하를 한 번이라도 가까이 했던 자들은, 특히나 원래 그보다 높은 레벨 또는 큰 명성을 유지했던 자일수록 가질 수밖에 없는 생각이다.

그러나 어느 순간부터 파이로에게 들었던 감정은 다른 것이었다.

모든 것을 포기하고 오직 강해지기 위해 다른 걸 포기했던 파이로다.

그러나 강해지긴 한 걸까?

제2차 인마대전 당시 맹활약을 떨쳤던 '염마'에 가까운 기운까지 얻었음에도, 과연 이것으로 이겼다고 할 수 있을까?

—내가 뭘 하고 있는지 모르겠어.

뚜렷한 목적을 위해 수단을 찾았으나, 수단에 매몰되어 결국 목적까지 잃어버린 자.

키드는 모자를 벗어 들고는 파이로를 보았다.

브로우리스를 죽게 만든 데 결코 그의 영향이 없다고 할 수 없다.

그가 치요의 말 중 하나로서 활약하지 않았다면, 브로우리스는 살아남았을지도 모른다.

그러나 이제 와서 키드에게 그런 분노나 복수심 같은 것은 없었다.

입뿐만이 아니라, 눈과 코, 귀에서까지 핏줄기를 흘리며 키메라들을 몰아넣는 그를 보며 과거의 복수심을 불태우는 건 아무런 소용도 없을 테니까.

—……당신은 길을 잃은 겁니다.

—……큭큭, 키드, 당신이라면 내 말을 이해할 거라 생각했지. 신나라나 페이우는 모르겠지만— 당신이라면 분명 알거라 생각했어.

—어째서 그렇습니까.

파이로는 다시 한 번 고개를 돌려 키드를 보았다.

마탄의 사수

신나라와 페이우가 움찔거렸지만 키드는 담담히 파이로의 눈빛을 받아들였다.

파이로는 키드의 질문에 답하지 않았다.

키드와 〈홀덤〉의 세상에서 싸워 본 이후, 엄밀히 말하면 키드에게 '패배'한 이후 스멀스멀 피어나던 감정을 완전히 자각하게 되었다는 말을, 그는 할 수 없었다.

파이로가 키드에게 건넨 건 다른 말이었다.

―이제 키메라는 저 지형 안으로 다 들어갔어. 아마 그런 작전이었겠지? 다들 데리고 돌아가.

―당신은 가지 않는 겁니까.

키드의 말이 끝나기 무섭게, 불길이 더욱 거세졌다.

파이로는 웃고 있었다.

―안 가. 쪽팔리니까.

―……'지금은' 오지 않는 것으로 하겠습니다.

키드는 다시 모자를 눌러쓰며 신나라와 페이우 등 다른 유저에게 돌아가야 한다고 말했다.

파이로는 불기둥에서부터 멀어지는 그들을 다시 한 번 바라본 후, 마지막 기운을 토해 냈다.

[타오르는 화염은, 결국 자기 자신까지 집어 삼키는 법!]

푸화아아아—————————ㄱ!

[염마와 함께 지금까지의 나 자신도 모조리—.]

—————————————!

불의 장벽은 하늘마저 집어삼킬 기세로 타오르고 한순간에 꺼져 버렸다.

모든 키메라가 '깔때기' 안으로 들어간 것을, 불의 장벽의 번뜩임과 함께 파이로의 모습이 사라진 것을 이하가 확인했을 쯤, 루비니가 외쳤다.

"키메라는 전부 들어갔습니다! 그리고 선두의 키메라는 이제— 출구로 나오기 시작해요!"

"다들 막아 봅시다! 선두는 제가 맡을 테니, 걱정 말고 방패 드세요!"

그에 반응하며 기정이 달려들었다.

언덕 아래는 키메라의 바다라고 할 정도였으며, 당장 꾸물꾸물 기어 올라오는 키메라의 개체 수만 천 기를 넘었다.

그럼에도 기정은 기죽지 않았다.

"이하 혀어어어어엉!"

"〈저수지의 개들〉!"

믿고 있는 사람이 있었기 때문이다.

이하의 총성과 함께 최선두의 키메라들이 뒤엉켜 서로에게 촉수를 휘둘러 대기 시작했다.

　가뜩이나 좁은 입구에서 반경 50m 내 키메라가 더 이상 전진을 거부한다면, '깔때기' 내부는 극심한 정체에 시달릴 수밖에 없다.

　"〈심연의 속삭임〉."

　거기에 더해 이지원도 가만히 있지 않았다.

　기정의 등 뒤에서 수직으로 날아오른 〈심연의 투사〉는 아껴 왔던 스킬 하나를 풀었다.

　"히야아아아아……압?"

　가장 선두에서부터 방패를 들고 뛰어가던 기정은 잠시 민망한 상태에 놓였다.

　"……엥? 이지원 씨 스킬이—."

　"심연 체험 중임."

　자신들끼리 싸우는 키메라들 다수와, 완전히 멈춰 버린 키메라가 다수였으니까.

　깔때기의 출구 앞에서 키메라들이 엉겨 붙기 시작하자, 내부는 대혼란이 일어났다. 이제 남은 시간은 약 4분가량이었다.

　"이지원 씨! 스킬 지속 시간은요?!"

　"……리얼 조지는 스킬인데 마왕의 조각이라 그리 오래 가진 않을 듯."

"그럼 내 것을 더해도 부족하겠군. 루거! 준비는 언제 끝나는데?!"

이하는 루거를 재촉하듯 말했다.

〈저수지의 개들〉은 물론, 〈심연의 속삭임〉도 기본 지속 시간은 5분 이상일 것이다.

그러나 상대가 일반 몬스터가 아니므로, 그 모든 시간 동안 유지될 거라는 기대는 버려야만 했다.

"이미 말한 시간이 있으면 좀 잠자코 기다려라."

"젠장, 기다리고 싶어도— 벌써 시작됐다고! 기정아!"

"어, 어어, 기어 나온다! 키메라가— 키메라를 밟고 넘어옵니다!"

혼란이 생긴다고 멈출 것이었으면 애당초 방파제에서 모두 막을 수 있었을 테니까.

이제 남은 수는 정말로 〈신성 연합〉의 탱커들뿐이었다.

모두가 그렇게 믿고 있었다.

"우리가 댐이 되는 게로군. 이 많은 강물을 모아 두면 되는 것 아닌가."

"별일 아니지."

탱커들의 곁으로 다가서는 두 명의 노장을 보기 전까지는.

에윈은 평소에 사용하던 검을 그대로 들고 있었다. 그러나 그랜빌은 자신의 몸만 한 방패를 쥐었다.

기존 전투에서도 보지 못했던 특별한 아이템이었다.

그랜빌은 탱커들의 뒤에서 방패를 올렸다.

그러곤 에윈에게 말했다.

"자네에겐 별일 같으니, 빠져 있는 게 나을 것 같은데."

"총사령관에게 빠지라고 말할 권한이 있는가, 그랜빌."

에윈은 웃으며 답했으나 그랜빌의 얼굴은 순식간에 굳었다.

"당연하지 않겠나."

주변의 유저들도 알 수 있었다.

그랜빌이 어떠한 마음으로 이 자리에 섰고, 무엇을 생각하는지.

에윈은 그런 그랜빌의 곁에서 잠시 움직이지 않았다. '초원의 여우'이자, 미들 어스 최고 수준의 AI가 판단을 내리지 못하고 있는 것일까.

라르크가 그를 끌어오려는 찰나, 그랜빌이 에윈의 어깨를 툭, 밀었다.

"돌아가십시오, 총사령관."

평소와 다른 존댓말과 상관에 대한 예우를 갖추는 그의 행동에, 에윈은 무어라 답하려 했으나 그들의 목소리는 더 이상 들리지 않았다.

"구루루루루루루룩······."

"갸아아아아—."

"온다아아아아아아아—!"

"막아아아아아아—!"

멈춰 있거나, 혼란 상태에 빠진 '자기 자신'들을 넘고 넘어, 마침내 기브리드=키메라와 〈신성 연합〉이 다시 한 번 맞부딪쳤다.

에윈이 빠진 자리에서, 기정의 곁에 선 것은 다른 유저가 아니라 바로 퓌비엘의 장군, 〈떠받치는 자〉 그랜빌이었다.

"오너라, 기브리드. 내 목숨을 바쳐서라도, 20년 전 끝내지 못한 일을—."

"비켜요, 그랜빌 장군님!"

"—으, 음?!"

갑작스런 외침에 그랜빌은 들어 올리던 방패를 잠시 놓칠 뻔했다.

옆에 있던 기정이 가까스로 키메라의 공격을 대신 받아 내어 다행인 순간, 일선 탱커들의 유저 뒤에서 대지의 진동이 일어났다.

"뭐야, 뭐야?"

"어, 어어어!? 모두— 비켜요! 비켜! 깔린다!"

"깔리다니 누구한테— 와아아아아악!?"

뒤를 돌아보던 유저들은 황급히 좌우로 갈라졌다.

이하는 블라우그룬의 위에 올라타 그들을 지휘하고 있었다.

유저 탱커가 아니라, 말 그대로 댐의 수문을 완벽하게 틀어

막아 버릴 '덩치'들을.

"칼라미티 레기온, 전원 돌겨어어어억!"

이하의 외침에 맞춰, 가지각색의 공룡들은 1천 기의 키메라를 향해 돌진했다.

"캬아아아아아아————————!"

"뿌오오오오———……."

유저들은 잠시 재난 영화를 본다는 기분이 들 정도였다.

덩치는 작지만 그 형태를 비롯하여 근본적인 역겨움을 지닌 1천 기의 키메라들과, 몇 배의 덩치나 되며 보는 자를 떨게 만드는 흉악한 외형을 지닌 공룡들의 충돌!

"와……."

"마, 막긴— 막았어……."

이하가 블라우그룬에게 급히 연락을 한 것은 바로 이런 이유였다.

비록 그 수는 적었으나, 덩치로는 키메라의 몇 배나 된다.

키메라들이 나올 만한 '출구'를 틀어막는 바위의 역할을 하기에는 충분했기 때문이다.

[〈스트렝스〉, 〈인챈트 아머〉. 인간들이여, 칼라미티 레기온의 다리 사이로 지나오는 것들을 상대하라.]

블라우그룬의 목소리는 장엄하게 대기 중에 퍼졌다.

공룡과 키메라의 전투에 잠시나마 넋을 잃었던 유저들이 달리기 시작했다.

〈신성 연합〉 최후의 작전은 100% 맞아떨어졌다.

이하는 끊임없이 방아쇠를 당겼다.

유저들의 함성과 비명, 칼라미티 레기온의 포효와 신음이 뒤섞인 아비규환 속에선 이하의 총성조차도 희미하게 묻힐 정도였다.

그러나 모두가 힘을 합한 노력의 성과만은 확실했다.

'깔때기' 속으로 빠진 키메라들은 뒤로 후퇴하지도 못하고, 앞으로 나아가지도 못한 채 구덩이 속에 옹기종기 모여 서로에게 상처를 내기만 할 뿐이었다.

"루거! 캐스팅 시간 더 단축할 수 없나? 아니면— 우선 람화정 씨와 아르젠마트 그리고 눈꽃술사 유저들한테 블리자드 캐스팅 요청해야 할 것 같은데!"

방아쇠를 당기면서도 이하는 루거에게 소리쳤다.

루거의 스킬이 혹시나 통하지 않게 되었을 때를 대비하여, 즉시 몰아칠 수 있도록 준비를 하기 위함이었다.

루거는 〈코발트블루 파이톤〉을 들고선 이하를 보았다.

평소와 달리 〈아흐트—아흐트〉는 사용하지 않아, 루거의 무기는 평소보다 평범하게 보일 정도였다.

그럼에도 주변의 유저들은 루거에게서 새어 나오는 묘한

분위기를 읽어 낼 수 있었다.

주변에서 일어나는 모든 소란에서 벗어난 느낌.

그것은 전쟁 자체가 남의 일인 듯 전쟁과 자신을 분리해 낸 유저가 낼 수 있는 특유의 침착함이었다.

따라서 루거는 맹활약 중인 이하를 보면서 말할 수 있는 것이다.

"원래 네 것도 아닌 공룡으로 잘난 척하기는……."

"어, 엉? 야이, 지금 그런 소리가 나와? 준비 어떻게 되는 건데! 아니, 스킬 효과라도 말해 봐. 설마 이런 순간에도 비밀이니, 어쩌고니 떠드는 사람은 아니잖아?!"

방아쇠를 당기던 이하는 황당한 얼굴로 루거를 바라보았다.

루거는 평소처럼 장난은 쳤으나, 얼굴이 밝다거나 웃고 있는 건 아니었다. 이하는 자신을 똑바로 바라보는 루거의 눈빛과 마주했다.

"아까 내가 말한 거 기억나나."

"말? 무슨?"

"원래 이건 '여기에 쓸 게' 아니었어. 하이하, 네놈은 나한테 빚을 진 거다."

"그게 무슨 개똥 같은 논리야?"

"하여튼 빚진 거야. 내가 이 스킬을 공개했다는 것 자체가 나에겐 큰 페널티라는 걸 명심해라."

너무나 태연한 루거의 말에 이하는 잠시 빚을 졌다는 생각이 들 정도였다.

불과 루거로부터 얼마 떨어지지 않은 거리에서, 목숨을 걸고 키메라를 막아 세우고 있는 게 누구인데.

칼라미티 레기온을 희생시켜 가며 몸으로 틀어막고 있는 사람이 누구인데 이런 이야기를 하는가.

"내가 지금 막아 세우고 있는 건 생각도 안 하고?! 그리고 아끼다가 똥 되는 건 네가 더 잘 알면서— 나한테 빚이니 뭐니—."

이하는 어디선가 들려온 피식 웃는 소리에 말을 멈췄다.

루거와 이하는 어느새 돌아온 키드를 바라보았다.

"루거의 말은 그런 의미가 아닐 겁니다."

"음? 키드 당신은 뭐 아는 것처럼 말하네?"

"루거가 이 스킬을 '기브리드'에게도 쓰기 아깝다고 말을 하는 것입니다."

"……아."

마탄의 사수.

루거는 카일을 잡기 위해 이 스킬을 아끼고 있었을 것이다.

언제, 어느 순간 얻었을지 모르지만 마왕의 조각을 일거에 날려 버릴 수 있는 엄청난 스킬이라는 의미이지 않은가.

그러나 곧 이하는 키드가 웃은 이유를 알 수 있었다.

"잠깐. 근데 캐스팅 시간이 10여 분이나 되는 스킬을— 카일이 맞겠어?"

엄청난 스킬임에는 틀림없다.

그러나 시전 시간이 이토록 긴 스킬을 카일이 과연 가만히 맞을까.

루거가 어떤 낌새를 내보이자마자 그의 머리통이 뚫릴 확률이 더 높다고 봐야 한다.

"큭큭. 바로 그겁니다."

"쳇. 망할 놈, 눈치는 빠르군."

이하가 말을 마치자마자 키드와 루거가 동시에 말했다.

방아쇠를 여전히 당기는 와중에도 이하로서는 황당하기 그지없는 상황이었다.

"와, 이 상황에 날 벗겨 먹으려고 했던 거야? 독일 사람은 성실하고 완고한 줄 알았는데— 완전 라르크 뺨치네?"

다 알고 있으면서도 '빚'이라는 이야기를 하는가.

이하는 허탈하게 웃었지만 동시에 루거의 마음을 어느 정도는 이해할 수 있었다.

'어쨌든 기브리드를 일거에 보낼 자신이 있다는 건 확실하니까.'

그 시점에서 이하는 의문이 들었다.

이하는 루거에게 물었다.

"근데, 도대체 무슨 스킬이야? 브라운에게서 뽑아낸 건 다

써먹은 줄 알았는데. 융단 폭격 얘기도 들었고 말이지. [관통]을 계승하고 나서 뭐 받은 게 또 있어?"

이하 자신도 〈마음의 눈〉이라는 사기급 관찰 스킬을 받았다.

그러나 그것은 어디까지나 '보조용'일 뿐이다.

공격용이 되는 〈의지의 탄환〉은 탄환으로 탄환을 맞추는 기적과 같은 일을 이뤘기 때문에 얻은 스킬이지 않은가.

"받았다……고 말하기는 좀 그렇군."

루거는 조용히 말했다. 확실히 그의 분위기는 평소와 달랐다.

침착하고 태연한 와중에 내비치는 자신감. 이하는 그것이 기브리드를 향한 자신감이라 생각했다.

하지만 그렇게만 보기에는 조금 달랐다.

지금 루거가 갖는 감정이 무엇인지, 먼저 눈치챈 건 키드였다.

"……찾은 겁니까."

"그래. 내가 이 말을 꺼내기 전까지도 이야기하지 않은 걸 보니, 아직 '너희 둘' 모두 찾지 못했다는 얘기군. 크크크……좋아. 아주 마음에 들어."

그것은 앞서 나갔다는 승리의 기쁨이다.

이하와 키드 두 사람보다 한 발자국 먼저 나아갔다는 삼총사 사이의 경쟁 심리.

바로 그 점으로 루거는 즐거워하고 있는 것이었다.

키드는 씨익 웃고 말았으나 이하는 조금 헷갈렸다.

찾았다? 삼총사가 되고 나서 찾을 게 또 있었던가?

'카일을 죽이고 마탄의 사수가 되는…… 것도 목적이긴 하지. 아, 그런가.'

이하는 업적 창을 열어 보았다.

엄밀히 말하면 마탄의 사수는 '기타 컨텐츠'라고 보는 게 맞다.

처음부터 줄곧 '삼총사'로 엮였던 세 사람이 궁극적으로 추구하는 것.

엘리자베스를 사살하고 [명중]을 계승할 당시, 이하의 업적 창에 적혀 있던 말이 무엇이었던가.

"그 이름, 그거구나."

엘리자베스는 〈마음의 눈〉이라는 스킬을 부여하는 동시에, 이하에게 '어떤 과제'를 주었다.

그것은 이하만이 아닐 것이다.

키드는 [속사]를 계승하며 과제를 받았고 루거는 [관통]을 계승하며 과제를 받았으리라.

그리고 현재, 루거는 그 과제를 모두 해결했다는 의미이기도 했다.

그 증거로 루거는 웃고 있었다.

"어차피 너희는 기브리드를 죽일 수 없었을 거다. 이건…… 적어도 현시점에선 나 외에 기브리드를 죽일 사람은 없다고 봐야 해."

"방금 발언은 바하무트에게 비밀로 하겠습니다."

"닥쳐! 어차피 지금은 다쳐서 나오지도 못하는 노인네가— 아니, 나왔다 하더라도 과거의 기브리드가 아니라 현재의 기브리드라면 바하무트도 할 수 없는 일이라고 봐야 한다고."

이하는 티격태격하는 키드와 루거를 보며 갑자기 다른 감정이 들었다.

자신보다 놀라지 않는 키드의 반응으로 보아, 키드도 어느 정도 이상의 과제 해결 실마리를 찾은 건 아닐까.

'너무…… 카일에게만 집중하고 있었어. 나는 [명중]이다.'

삼총사의 명중.

그것도 그냥 [명중]이 아니다.

"시간을 꿰뚫는 명중……."

이하는 조용히 읊조렸다.

방아쇠를 당기는 것조차 잠시 잊은 채, 전방에서 벌어지는 피 튀기는 혈투를 보지 않은 채, 이하는 생각했다.

자신은 시간을 꿰뚫는 명중이다.

키드는 인간을 앞서는 속사다. 그리고 루거는…….

"크아아아아— 압박이 너무 강해요! 더 이상 공격을 받아내는 게 아니라—."

"진짜 파도를 온몸으로 들이 막고 있는 느낌이라고! 어떻게 된 겁니까, 후방!"

"뭐 한다면서! 10분만 버티라며?! 10분 다 된 거 아닌가?"

"죽은 공룡한테 깔린 아군도 있다고, 빌어먹을—."

'깔때기' 내부의 키메라들은 언덕 오르기를 포기한 채, 그대로 1천 기가량밖에 통과할 수 없는 출구로 계속해서 밀려들었다.

공격을 통해 뚫고 나가는 게 아니라 말 그대로 '무게'가 실린 직접적 압력은 유저들에게 또 다르게 다가왔다.

거기에 더해, 칼라미티 레기온이 당하기라도 하면 거대한 잿빛 사체는 오히려 부담이 되는 결과까지 낳고 있는 상황!

그 최전방의 기정은 뒤를 돌아보았다.

키메라의 산성 혈액이 튀어 그의 얼굴 곳곳에서 타들어 가는 현상과 연기가 동시에 나고 있을 정도였다.

"이하 형—————!"

기정은 넋을 잃고 있는 이하를 보며 외쳤다. 침잠하던 이하의 사고에 기정의 목소리가 들어왔다.

"루거, [관통]은—."

"그래."

루거에게서 빛이 뿜어져 나왔다.

정확히는 〈코발트블루 파이톤〉에서부터 시작된 빛이 루거까지 전부 감싼 것이었으나, 주변의 유저들을 잠시 주춤거리게 만들 정도의 광량이었다.

새하얗게 뿜어져 나온 빛은 점차 푸른색을 지니기 시작했다.

〈아흐트-아흐트〉 스킬의 색과 비슷했으나 그보다 훨씬 진하고 차분한 청색. 무기를 넘어 루거의 몸 전체까지 감싼 코발트블루가 더욱 진해지고 있을 때.

루거는 이하를 그리고 키드를 바라보았다.

"기브리드는 대지와 연결되어 있지. 거기에 하이하 네 녀석이 말한 것까지 따지자면— 놈들은 마왕과도 직접 연결이 되어 있을 가능성이 있다. 서로 다른 곳에 있으면서도 말이야."

루거는 말이 없는 두 사람을 보며 웃었다.

"놈들은 공간을 넘어 이어져 있다는 뜻이지. 애당초 퀘스트 문구가 뜰 때 눈치를 못 챈 건가? 이건 ['시간'은 길지 않겠지만, '공간'은 긴 작전.]이다. 그러므로 너희 두 사람은 할 수 없어. 나만이 할 수 있다. 나는……."

루거는 〈코발트블루 파이톤〉의 포구를 지면으로 내렸다.

평소라면 결코 하지 않을 행동이지만 지금은 그 누구도 루거를 말리지 않았다.

그는 그대로, 방아쇠를 당기며 말했다.

"나는, [공간과 이어진 관통]이니까."

—사아아아앗…….—

포성은 울리지 않았다.

그러나 이하와 키드는 잠시 움찔거렸다.

〈코발트블루 파이톤〉의 헛소리가 들렸다고 생각하는 순간, 전방에서부터 변화가 일어났다.

마탄의 사수

가장 먼저 발견한 사람들은 '깔때기'의 출입구에서 키메라를 막던 탱커 유저들이었다.

"저게— 뭐야?"

"땅이 불탄다? 아니, 불타는 게 아니라— 얼음?"

"아냐, 이건 얼음도 아니고……. 빛이야."

　기브리드=키메라가 있는 지면에서, 마치 달아오르듯 빛을 발하기 시작한 푸른 기운을.

　구덩이 내부의 지면 전체가 빙판처럼 되었다고 느낄 때, 그것은 곧장 기둥이 되기 시작했다.

　키메라가 있는 모든 지면에서, 천천히 하늘로 솟구쳐 올라가는 푸른빛의 기둥은 감탄사조차 나오지 않는 경외심을 들게 만들었다.

　단순히 그 규모 때문만이 아니었다.

"지, 지도에— 기브리드의 점이 사라지는 속도가……!"

　루비니가 굳이 말하지 않아도, 전방의 유저들은 자신들의 두 눈으로 보고 있었다.

"키메라가……."

"말도 안 돼. 녹아 없어진다."

　빛에 닿은 키메라들은 분해되고 있었다. 녹아 흘러내리는 것은 아니었다.

　그저 녹으며 증발할 뿐.

"주, 죽은 거야? 저거? 다른 키메라들이 죽는 것과 다르계—."

"죽을…… 수밖에요. 바닥을 보세요."

황당한 사망 효과에 혼란스러운 유저도 몇몇 있었으나, 키메라의 완전한 죽음이라는 건 금세 받아들일 수 있었다.

"무슨— 락스 뿌려 버린 것처럼 껌딱지들이 지워지고 있네."

지금까지 키메라들을 죽이며 지겹도록 봐 왔던 '검은 대지 현상'이 나타나지 않았기 때문이다.

"휘유, 마스터케이 씨가 하이하 씨 가족은 맞네."

"아, 아니, 맞잖아요. 그냥 보고 있자면—."

"칭찬입니다. 표현은 좀 그렇지만 4날카로운 면이 있다는 거지."

라르크는 기정의 감상을 간단하게 평하며 검을 거뒀다.

더 이상 전투는 필요 없으리란 걸 알고 있었다.

[목숨을 건 〈키메라 둥지Hive〉 제거 작업 퀘스트를 완료하였습니다.]

[마왕의 조각, 기브리드가 처형되었습니다.]

퀘스트 완료의 시스템 알림 창과 더불어 명명백백한 죽음 선언이 시스템 알림 창으로 떠올랐다.

시스템 알림 창은 단순히 퀘스트에 참가한 사람뿐만이 아니라, 미들 어스에 현재 접속 중인 '모든 유저'에게 전달되었다.

에리카 대륙의 〈신성 연합〉은 물론, 로페 대륙에서 사냥을
하던 중—저레벨 유저들조차 잠시 말을 잇지 못하고 있었다.

"끄— 끝났어?"

"이겼— 이긴 거지? 이겼다?!"

"이겼어어어어어어어어어—!"

"죽었다! 기브리드를 죽였어, 우리가!"

―――――――――――――――!

미들 어스 전역이 떠들썩해졌다.

〈신성 연합〉이 결성된 이래 거둔 최대의 성과였다.

《마탄의 사수》 51권에 계속

토이카_ 죽지 않는 엑스트라

'믿고 보는 토이카'가 여는 새로운 모험의 세계
살아남고 싶은 엑스트라의 유쾌한 반란이 시작된다!

던전 도시를 다스리는 셰어든 후작의 둘째 아들, 에반 디 셰어든.
유복한 환경에서 넘치는 사랑을 받으며 자란 철부지 소년 에반은
어느날 자신의 전생이 지구인 여반민이었다는 사실을⋯⋯
그리고 여반민의 29년 삶의 기억 속에는,
지금 그가 사는 세상과 똑 닮은 게임인
〈요마대전 3〉에서 허무하게 죽어 나갔던
'엑스트라 에반'도 포함되어 있었다!

"절대로 죽지 않을 테다. 절대로!"
에반은 과연 죽지 않는 엑스트라가 될 수 있을까